其後

それから

頼香吟

活動中心

それから

走到大道盡頭，正紅色的活動中心，如今看起來，有一種屬於過去時代的輝煌。走進去，陳設理所當然已經改變，昔日簡單打菜的自助餐廳換成了宛如百貨公司裡的美食街，餐廳另一頭小福利社變成了二十四小時便利商店，碰觸它的自動玻璃門，便替活動中心開了另一個出入口，取捷通往新建於椰林大道盡頭的總圖書館。

在過去，這光線並不怎麼明亮活動中心一樓，集聚了電影、禮堂、演講、餐廳等功能，二樓則有各類社團：思辨的，知識的，慈善的，宗教的，娛樂的，交際的小群體，不同性情的學生約在活動中心碰面看電影，沒事就到社辦報到，消磨光陰，互訴心事，班門弄斧，清談終日，一樓餐廳裡的桌椅就算非用餐時間，也常座無虛席，人人各自吃零食，抄筆記，作功課，語言交換，情侶疊頭打盹纏綿。

如果不是因爲五月，這個活動中心，在她的回憶之中，應該也會和其他大學時代的回憶一樣，退化成一個他人的舞台，一些零星的故事，無啥大事可記的佈景。雖然的確有過一些日子，她曾在那裡買過餐點，看過海報，甚至幾場電影，可無論如何，她不曾在這裡奉獻什麼，沒有過什麼可歌可泣的情節。她與同儕之間總存有那麼一些走不攏的距離，可是五月堅持挑戰那些距離，跳也要跳過來。

有段期間，五月幾乎日日到活動中心報到，從沒有光線的租賃洞穴裡爬出來，像木頭傀儡把線從頭後拉緊，把散亂的熱情與悲傷胡亂裹成一團，塞在笑容背後，然後，逢人神采奕奕，甚至幽默大笑，走上活動中心二樓，與人打成一片。

那是八〇年代的尾聲，所謂五年級發芽的時代，不顧一切的努力，把知性與情感榨壓到極限，且往往是情感越過了知性，人人多少談一點文學、哲學、性別，也談環保、歷史、政治，種種，種種，各個小圈子匯集在活動中心裡來去，那些圈子裡的許多名字後來在不同領域有了各自的光芒，但那是另外的故事了，如果巧合，這些人的記憶盒裡，應該還留著五月所描述過的二樓社辦裡的空間狼籍，人與人的愛情與競合，懷抱理想的青年男女，執著地和自己的風車戰得筋疲力竭。

第一次見到五月就在活動中心，五、六個人在餐廳裡併桌清談，吃食四散。五月到的時候已經遲了不少時間，坐下來說前陣子出車禍，今天可是特別出關來見各位的。一張小臉，下巴裹著紗布，全靠一雙晶亮大眼睛打招呼。她和在場其他人多少電話聊過幾句，五月倒是完全陌生。

活動中心磨到天黑，換地方繼續。五月雖然受傷還是活絡得很，有那種能跟每一個人打交道的本事，包括她。五月眨眨眼說：我們之前見過，不過，你應該是不記得了。

她的確沒有印象。五月不在乎，繼續說話，沒個停頓。她看著五月，自然將之歸納於和自己不同的人，但又不覺得討厭，活力神氣的人多半尖銳，但五月神氣裡有一種和善。

大家邊說邊吃喝，惟獨五月因傷口不方便始終沒吃什麼東西。後來時間晚了，總也餓了的時候，五月吆喝：喂，你們好歹也有個誰去幫我買瓶牛奶吧。

她不遲疑便站起來。

五月很快從身後趕來：欸，我沒要你去買啊……。

沒關係。

你知道這附近哪裡有超商嗎？

不難找吧。她索性直說：其實是我自己想出來晃晃，你就讓我去幫你買吧。

五月沒再阻止，不過，也沒往回走，趕幾步跟上她。不一會，又開口了：怎麼不穿外套呢？

還好，沒那麼冷。

抖成這樣還說不冷？五月忽地伸過手來摸她的衣衫：這麼薄？

這瞬間，彷彿打了個寒顫似地，某些平靜的事態被驚擾了。

一個人該如何去描述一個人？有必要嗎？有權利嗎？這麼多年，她反覆自問這些問題。

如果有一天，她必須描述五月，那會是眞的嗎？她又何必描述五月？是自己需要表達，還是五月需要表達？

表達自己，五月應該已經做得夠多了吧。五月對自己毫不保留，她所揭開的，有時候，還遠遠超過了我們所能忍受的。要說五月有什麼沒有表達，也許只是她們之間的故事。五月不是不能寫，是她特意沒有寫，即便寫了也只能像個破綻百出的故事，一個事脈與輕重到那裡就兜不攏的空洞。

剛認識的時候，五月歷史，她一無所知。五月看起來活得很好，幾乎可以說，生機勃勃，像個勁量飽滿的電池小熊，爲不同的事務跑來跑去，用各種不同音調說不同性質的話。從表面情節來看，兩個人生活毫無交集，個性也不相同，確確實實是不同故事裡的腳色，連活動場域也相隔遙遠，她多數時間留在徐州路的法學院，很少到羅斯福路這邊的大校園來，遑論活動中心，可以說是因爲五月，她才眞正走上了活動中心的二樓，在那裡看五月作各類花式表演，孔雀梳刷羽毛的交際舞。

約在活動中心碰面，通常只爲了一起離開活動中心。路上都說些什麼，已經不大記得，或許只是兩個好學生的談話，兩個女孩子的談話。那些話，與其接近感性，毋寧更是大塊大塊的理性，知識與經驗的分享讓她們跨越陌生，並不哀愁，而是愉快，表現得像堅強的孩子，在傷痕的記憶上跳房子，給經驗創造各式各樣的簡碼，像太宰治在《人間失格》玩弄詞彙小遊戲：汽船和火車是悲劇名詞，市營電車和巴士則是喜劇名詞。爲何如此？怎麼分的？太宰說得很傲氣：「不知其理的不足以談藝術。」

這是驕傲。難道不是驕傲？孤獨者，氣弱者，藉以依靠、藉以撐持的驕傲。這個驕傲不等量於知識，亦無關世俗所謂優等生的形象，不過是玩著一個只有對方才可以陪著一起玩的遊戲，棋逢對手，放心觸探彼此的直覺與天賦。五月形容自己像一隻貪婪的知識怪獸：我們的求知欲可能讓我們一輩子受苦。這是預言，但誰以爲意呢，在那個驕傲的年紀，從不以爲受苦是件沒意義的事。她們執著，往前，在那條椰林大道上，把她們聯繫在一起的，正是一條沒有人替她們準備好可她們必須獨力走向前的摸索之路，沒有父執輩，沒有引燈的導師，也沒有兄弟結盟，且連作爲一個男子都不是的，形體單薄尚未長成的女性。宛如幾隻離群獨自冒險叢林的清瘦的鹿，遙望彼時多半仍由男性建立起來的資本與知識城邦，對她們顯露，既雄偉又荊棘，既召喚又無情。

離開活動中心，又到底作過什麼呢？無非一起去看片子，去哪裡吃點東西，或在五月的房間裡，一本書接一本書，一個話題接一個話題。那時候，她們都剛踏上寫作之路，各自發表了幾篇作品，但五月有較她更大的藍圖與樂觀要做一個作家，五月房間，格整書架，哪個方位上放了哪幾本書，那畫面至今清楚留在她的腦海裡。之於五月，知識宛若祭壇，在那些書架的環繞下，她們揭露內心傷害的墳塚，她們的友誼在那裡生根，可以說，那些書架就是她們故事最早的背景。除了當年所謂文藝青年必讀的西方社科、哲學書，五月還衷情安部公房、三島由紀夫，剛剛冒出頭來的村上春樹，以及，太宰治。光復書局所出版的當代世界小說家讀本早就斷版多年，但在彼時那真是一個精緻的禮物，每一冊都之於她們生命留下了痕跡。其中，李永熾翻譯的《斜陽》和《人間失格》尤爲一個異數，五月爲之傾倒，她雖不能完全同意，仍不得不承認其中有著什麼與她不同但依舊穿透打擊到她的衝力，一種不同的痛苦，但確實是痛苦，誠實到讓人迴避不了；每個靈魂都是不同的，但痛苦的靈魂之間有嗅覺般的共感。

眞正親近相處的時間，說來不會超過一年，但這一年，她們到底如何經歷對方的生命，又瞭解到什麼深度？五月從不吝於表達意見，也能變換不同方式引人說話，有時候她抵抗五月：你是把我當心理分析嗎？五月倒也不惱怒，嘴角仍有一抹微笑。很多人對五月的印象是，善於傾聽，善於撫慰，善於給人能量。

不過，到底是在哪裡岔了出去，她很快便感覺到了五月笑容背後的匱乏與不安。愈靠近五月，愈直感到外表熱鬧的五月生命內底若非乾旱不毛，便宛如著了火般焦痛不已。後來與五月相處的記憶，愈來愈多的嗚咽與吶喊之聲，最糟的時刻，五月敘述裡不乏耽溺，不乏黑暗，不乏驚世駭俗，她聽著，沒有驚嚇，沒有走開，唯一使她無言以對的是關於暴力與血，無法承受痛苦而自殘的傾向。

是的，五月自殘的傾向是很早的了。初識時候，她就已經在手腕用菸燙下了傷疤。相較於心靈所敏感到的痛苦，肉體顯得非常小，靈魂太巨大，承載不了，就忍不住想將肉體衝撞開來，加以毀滅，至少予以麻醉。很多年後，她讀柳美里（這個作家把自己獻祭／計於文學的程度是另一個令人咋舌的例子），再一次發現所謂意志的軟弱與堅強之別，實在主觀而難以相較；一方面承擔著常人覺得不可思議的經歷，但另方面卻可能因爲小事而頓挫無依，情緒窘迫，無可控制要去做理智知其不可之事，甚至以磕藥以死求其解脫。

當大多數人感覺五月亮得像星，蹦蹦跳跳如小猴的青春時期開始，她便飽受五月死亡黑影威脅，一天到晚要提心吊膽她是否又傷了自己，擔心五月碰到足以致死的大小事，是的，純以表象，一般眼光來看，有些事可能眞小，小到太宰所說：碰到棉花也會受傷，膽小鬼（弱蟲）有時連幸福也感到畏懼。世人當然可以批評這是軟弱、任性、依賴，但她就是沒法拿這些尺度去裁量五月；一切只是出於本性與極限，她只能試著理解，太宰的譬喻：生出「柔和善良」之心。

那依舊還是一個平整乾淨的年代，乾淨得像天永遠是藍的，愛永遠是甜的；世界只是如肉眼所見，領袖就是領袖，百姓就是百姓；男人就是男人，女人就是女人；對就是對，錯就是錯；近朱者赤，近墨者黑，一個好人應該遠離罪行。

或者，延續上面提到的太宰詞彙遊戲：罪，如果有罪，世人定義的罪是什麼？要不，也至少告訴我罪的對辭是什麼？法律？不，太宰搖搖頭：世人就是想得這麼簡單，裝腔作勢地生活。那麼，是善嗎？不，善是惡的對辭，不是罪的對辭。「神有撒旦之對，救贖之對是苦惱；愛有恨之對；光有暗之對。善有惡，罪與祈求，罪與悔改，罪與懺悔，罪與……啊，都是同義語。罪的對辭是什麼？」

罪，及其對辭。《人間失格》一整個問到底的問號。如果有罪，罪是什麼？因爲有罪，所以不值得同情？因爲有罪，即便不幸也不得抗議？罪的對辭是什麼？神？有神嗎？還是僅僅只是「世人」？

關於同性間的愛戀，她看五月作品《手記》，才知道當年以爲五月都想過了，夠勇敢了，沒什麼困擾可以打倒她，沒問題的——這個預設是完全錯了。

五月總表現得強韌。寫在《手記》裡那些核心底處的困難，五月到底有沒有講過呢？也許有，一起走路說話的時光，那些細細碎碎，那些糾結摧折的情緒恐怕全都是，只是她沒有聽到深處？不夠感同身受？她不以爲人與人的情感需要因爲性別而有那麼大的畫地自限，因此五月問題沒有驚嚇到她，甚至她有時以爲五月放大了情感的痛楚，而把自己陷入痛苦自殘之境。

相對五月，她太理性，彼時亦尚有資本足以撐持理性，相信理性足以梳理悲傷，以爲聰明才智會勝過情欲折磨，事實上，應該是她沒能精準測量到五月的恐懼，不知五月內心深淵的恐怖。五月的話：我不要向前走，我不要成爲我自己。

想來五月是深深被恐懼挾持了。

時代安靜得非常自私，沒有人對她伸出援手。

彼時和五月讀太宰，總無法同意，膚淺地指責：一個人要死，何必偕人一同？死，不就孤獨至絕，還求作伴？況且是未必相愛、事後連名字都不能牢記的兩人，稱情死太浪漫。

後來漸漸瞭解，這不是重點。重點在於這是怎樣一個被恐懼與不安追殺的人呀。太宰說，零餘者（日蔭者，陰影下的人）：人世中悲慘的失敗者與惡德者。

零餘者聽了女侍常子對他說：「不要擔心（心配要りません）。」顫抖的心鎮靜下來。

零餘者形容常子是那種「冰冷的寒風在身邊吹拂，只有落葉狂舞，已經完全孤立」的人，他把這投射爲孤獨而深受打動，在她身邊宛如枯葉在水底找著了可依附的岩石，得以脫離不安和恐懼，得以不再以丑角掩飾自己寡言陰鬱的一面。因而，這個以世人眼光來看，疲倦寒酸的女人，之於太宰是，恩人般的女子。

與恩人般的女子一同去投海，未必與愛有關，更多的是彼此的絕望與恥辱。

解開腰帶，脫下斗篷。放在同一處，一起跳水。

心配要りません。不要擔心。

無論出於天性或因耽讀而擬似，五月身上有太宰氣味，這是不用再說的。可五月看出她身上的什麼？也是落葉狂舞、完全孤立嗎？彼此打動的乍看之下是聰明，實則接近孤獨，大膽設想，如果她們徹頭徹尾眞是零餘者，何嘗不能是一對被彼此孤獨打動而一起去尋死的伴侶。（心配要りません。不要擔心。）然而，實際的故事是，在那個星星閃耀的活動中心，虛榮與寵愛打造出來的舞台，她們一路走到這裡，接下來，也只能被推著逆向發展，變成一對承諾要彼此照護，活下去的伴侶。（不是死，是活，但彼此打動的依舊是孤獨。）

所謂對生命最誠實也最勇敢的大學時代結束之後，出國之前，兩人最後一次見面，鬼使神差，又約回來活動中心。

到的時候，五月還在餐廳大桌上跟別人作語言交換。她在後面空桌坐下來，隨便拿點什麼出來看。

若無其事，一切家常。人人桌上攤開好幾本書，字典，紙張，筆袋；這就是校園，隨時隨地表現得一副無菌地帶的校園風景。

五月講幾句，低頭在筆記本上寫點什麼，或者，跟對方哈拉大笑，那模樣和當年她在活動中心看五月和人講話的情景，幾無二致。

那個五月又回來了嗎？她忽然這樣想。感覺很好。然而，這個很好，跟以前並不相同。她們之間，畢竟跟以前不一樣了。

結束後，五月坐過來，幾乎沒有讓她講話的空檔，嘰哩呱啦報告她的生活構圖，願景，金錢，情人，機票。

倒帶回去。電池小熊又出現了，勁量飽滿。很好。她們眞是對好朋友。

整場約會五月所表現出來的就是：我全都準備好了，我要振翅高飛了，你就好好照顧自己吧。

她沒有提自己亦在準備出國的事，太擁擠了，五月急起來的時候，什麼話也插不進去，何況她正處在新戀情的暈眩之中，她甚至沒有時間細說剛完稿的長篇小說，一本後來變成暢銷書的商品，關於五月的幽默、恐懼、野心、挫折、怨懟、夢幻，統統寫在那本書裡。

回想起來，這個下午是一個尋常的下午，她們之間最後一個無事的下午，盛世太平地宣告此段作結，另起一段。她們不會預料到人生早已設下怎樣的算計，非得讓她們繼續當朋友不可，之後奇異的旅程，也遠遠超過了她們的預知。

那一天，隻字不提兩人共同的過去，也未提及任何可能有關的將來，天黑之前，她與五月推開那朱紅色的大門，徹底揮別了她們的大學校園。

門

それから

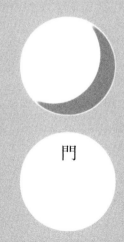

秋冬的黃昏，法學院總早早就暗了。那兒有著又深又長的迴廊，常常一個人都沒有，倘若有，多半是一些神傷的愛侶，哀愁苦惱的人，挨在無聲的角落裡。其他人都去了哪裡呢？在對街宿舍小小凌亂的生活？校總區熱熱鬧鬧地群聚？應該是在那裡吧，相對於法學院，位在城市另一端的校總區是一艘大方舟，容納千百幻想，無論你要點的是戀愛還是知識，娛樂或是榮耀，大多可以滿足，甚至買一送一。

可她喜歡法學院，結束了校總區漂流的小大一，初抵這個古蹟校園她有種汲泳上岸的感覺，渾身濕淋淋的，疲憊，在古早的女生宿舍，硬板床上躺下來，沉沉地睡了一覺。夢裡她又看到噩夢主站在馬路對邊朝她招手，那是校總區的後門，當莘莘學子各自駝著書本小海龜似地沿著沙灘爬向海洋，噩夢主伸手把她捏了起來，騰空放在光線中瞧了瞧，然後，再把她放回去，可方才的隊伍已經散了，稚嫩地在沙灘上留下紊亂的腳印，她四面張望，找不到路徑。

她焦躁醒來，法學院的鐘聲響了，那旋律如此懷舊，引人想起中小學歲月小小的課桌椅，斑駁的刻痕與塗鴉，時光在這百年校園如河水流過安安靜靜，春日午後，陽光拉得非常悠長，金色璀璨的光影在每一扇泛著巴洛克氣息的圓形拱廊之間隨風跳躍，那些片刻，法學院是夢，一個幸福純良的夢，任它懷裡的孩子們曾經如何跑跳於時代的浪潮尖端，法學院仍是他們身後的夢，那個夢裡塵埃落定，彷彿一切可以重新開始，彷彿每個孩子都可以毫髮無傷地回到這裡。

彼時沒有五月，沒有樹人，眼前新城市，華麗的與不堪的，迷人的與傷害人的，都對她作著姿態，其中有噩夢主。噩夢主的手裡有信仰，張開掌心發出文學的光，他一方面像十九世紀維多利亞時期的道學家那樣百般強調理性與意志的力量，另方面又喜愛講述希臘時期的神話：愛與魔，生命力，潛意識。

這不是他自相矛盾，而是他要展示，他如何能將兩者平衡控制得那麼好，所以他是一個完全清醒的人，完整的人。如果無法達到上述能量的平衡，偏斜於任何一方而無法自制，若非招致瘋魔毀滅的下場，就是徹底的（噩夢主經常使用的形容詞之二：）可憐、愚蠢。

爲什麼當時對可憐、愚蠢那樣的形容詞，渾然不覺其痛呢？就算罵在不相關的人身上，也該生出垂憐之心吧，想來她是過於信服噩夢主了，而那信服是放大了文學的光暈所致。如果可以不提噩夢主將是件多麼幸福的事，如果不是因爲那畢竟是相關於五月與樹人故事之不可略過的背景，那長夜漫漫醒不來的夢，暗青色的陰影，那劃開了她與同儕距離的驕傲之神。在神的眼中，無論是本能激情、理性意志、內心的魔鬼與天使，她與她的同儕們顯然都還不能駕馭，而不過是一群剛奮力啄開蛋殼、渾身濡濕、不完整的小海龜（連人都還不能稱上吶）。噩夢主以主的姿態捏了一個世界的粗胚，在飲食裡下了蜜甜的毒，長大，她會長大，懷著不成熟的知識，歪斜的線條，寫作未必需要與世界爲敵（不，是根本不需要與世界爲敵吧），然而彼時她以爲世界若非垂憐待她就是不理解地阻擋了她，唯有文學可以安慰，可以償還；多少夜晚，法學院像一個人去樓空的莊園，久遠的歷史，百轉千折的哲思辯論，鬼魅般踮著腳尖走路。

談談樹人吧。這個角色，猶豫許久，寫了刪，刪了又撿回來寫。

如果想過在寫作上涉及樹人，那多半在其他故事，從來不是在這本關於五月的書裡。

這兩個角色之所以不合宜放在一起，並非他們有什麼衝突性，時間上兩個人也不是平行的故事，而是他們太容易被解釋成兩個對立角色，男性與女性的爭奪，更糟的是，將這兩個角色放在一起，倘若寫得不好，或因文章拉力將他們作了不合適的比附，簡直是對他們作了再一次糟蹋，而這就是她過去所犯的錯。

有些人，你不會忘記看到他的第一眼。那當下的時空氣氛，那個人的姿態，彷彿在記憶庫瞬間結凍，任憑後來時空如何更替沖刷，不會蝕壞，不會腐朽，不會消亡，永住下來。

樹人是第一個使她經驗到上述記憶的人。初始她以爲這不過是記憶的隨機選擇，偶然恰巧記住了這一幕，就像我們也可能執著記得童年某個歡愉或恐懼的片刻，然而，當時間愈拉愈久，人生故事已經迥然不同於當年那一眼，就連氣氛也沒有一絲相似，可那瞬間記憶，卻動也不動地存在，不需要複習，不需要重逢，你偶而注意到它，何等訝異地發現它一點變化都沒有。

這一眼，不完全同於一見鍾情，至少這個章節裡想說的並不是這個類別的故事，而是有沒有另一種，發生得更早，早於所謂愛情故事發生之前，一種兒童純潔的依偎？在那間好大的教室裡，他遲到了，紅色外套，把書包掛在左肩，踏上階梯找位子。她不知道這個人打哪裡來，從來沒見過，但又宛若見到了自己。那時她已是個概念的人，因爲缺乏現實的基礎而概念化，然而，樹人跳過概念的關卡，直接引她回去時光流水，泛起年少稚嫩之心；似乎有什麼聯繫存在於她與樹人的命運裡，不是愛情，還有別的，至今她仍難以說明那到底是什麼，明白的是她與樹人違背了那個命運，倘若因此必須有所懲罰，受罰者竟然不是她，而是樹人。

認識五月之後，有些日子，她會走出宿舍大門，沿著紹興南街，往中正紀念堂方向，沿途多是低矮違章建築，簡單作著飯麵營生，到了信義路口，繞進偉人殿堂轉個大彎，出得愛國東路，麗水街，和平東路，溫州街，然後走一段清涼的新生南路，青春小鳥的帝國，校總區，如果沒和五月約在這裡，她便繼續走過大雜院般的羅斯福路，昏暗的萬隆，然後，抵達了景美。

那是她與五月之間的距離，一個小時以上的路程，不知道爲什麼，那時候她經常這樣走路，與其說是要去找五月，不如說五月住處給她的跋涉設了一個中止點。停下來，不用敲門，五月房門從來不鎖。在那個門裡，經常有五月趴在桌前密密麻麻寫字的背影，那個背影不因她的到來而掩飾，那個背影甚至轉過頭來跟她敘述書寫的內容，她意外關於文學除了噩夢主還會找到與之相談的人；那時還有阿糧，何等清澈的少年之心。

想來那是伊甸園，無性無憂的嬉遊，真空地帶，事物缺乏命名，一切訴諸身體與心靈的原始感受。他們在語言的縫隙裡穿梭，反覆敲打使之發出不一樣的響聲，不一樣的指涉。三個人的談話，各自裹藏著對世界的祕密態度，受傷與寂寞的痕跡，雖不完全相同，但彼此生出柔和善良之心，三稜鏡裡折射出不同的自我。時代剛敲開一個小角落，許多事情的輪廓蔓延拉遠至他們尚未有能力抵達的地方，馬奎斯的名句：許多東西都還沒有命名，想要述說還得用手去指。

夏天過後，當樹人站在女生宿舍窗下的時候，她一點沒有把這畫面與大學裡的戀愛故事連結起來，儘管日日看熟了宿舍大門纏綿的惜別戲碼，卻不曾以為自己也會像戀愛中人捨不得分開；與樹人之間有種感覺，但她一直不要這個感覺，這個感覺將導向的結果（應該就是愛情吧）太理所當然，她就是不要這個理所當然。

這是那個時代的年青模樣：理所當然想必缺乏意義，價值藏在險峻的風景裡。「那時我傲慢狂妄，充滿幻想，這使我把愛情推遲到模糊的未來。我認為我不應該輕易地陷入凡俗的感情，就這樣隨手揮去，像卡門在驅逐煩惱時搖她的手鈴一樣。」中國女作家潘婧在她的小說《抒情年代》裡如此描繪七〇年代北京的類似情境，卡門手上的手鈴在九〇年代的台北會發出什麼樣的聲響呢？家變？叛逆？自主？主體性？性別解放？鈴聲叮噹催鬧著人往浪尖上去，這波時代的浪潮會抵達什麼樣的海岸呢？年青的她太容易找到與樹人之間殊途的理由，且當她並非美貌女子而被對方家人拒絕之際，她是更加有了與現實為敵的藉口，故作輕鬆道：我根本也沒那個意思，想太多了，不過是朋友，不是嗎？

時代的洪流基本上沒有什麼太大的錯誤，但其間不乏有形形色色、個人的小故事被篩落下來。樹人是她個人的、理所當然的挫折，但她卻借了整個時代的口號來作脫逃。對所謂凡俗的要求，過往她表現得無所謂，以不在乎來抵抗之，要不把自己舉得高高，學噩夢主的口氣說：殘忍、偏見，可這一回合她心生柔軟，柔軟就是感覺對方其實沒什麼錯，即便殘忍、偏見，刀口也只能向內了——她或許在受傷當下領悟到了自己對樹人不是泛泛之心，但那感覺是倏忽即逝的，傷口很快被驕傲掩蓋，原本就搖搖欲墜的現實急遽偏向抽象那一端，她是找到了理由，把可能立基於現實世界的願景（如果曾有過願景）給丟到身後，把與樹人之純眞年少歲月（彷彿他們眞正聯繫得那樣早）不留戀地捨棄，懷著不和平的情緒跑進抽象的大霧之中，任樹人怎麼叫喊也不回頭。

有一個階段，五月辯證似地在改變自己，一會兒削短了頭髮，一會兒穿著裙子來跟她與阿糧宣示：我要開始談戀愛了。

關於愛情，五月說得很多，與情人來來回回的拉鋸，何等漫長，自我折磨，明暗不定，認同的過程。可嘆那個時候她們連「認同」這個詞都尙未優雅地習得。五月只能在書本、日記本裡反反覆覆拷問自己、鍛鍊自己，今朝狂起、明夕暴落地試探人與人的可能性。五月能和很多類人在一起，她嗅得出哪些人身上和她一樣有瘋癲的熱情，人人覺得她混得好，人人覺得她愉快，九〇年代初期火熱過的，五月多少都沾惹一些，那些夜遊、文藝營、咖啡館、小酒吧，一千零一夜說不完的故事，放縱的、寂寞的、迷惑的、展示痛苦的人，各種不同類型的狂野與憂傷攪弄在一起，要直到很久很久以後才恍然大悟原來彼此懷著不同的身世……

五月何不就在那裡尋找她的知音呢？一定會有的吧？她不瞭解五月爲何選定了她，她們是如此不同，她甚至是驕傲的，表現出一副對那些生活、那些人毫無興趣，解救之路全然不在那裡的樣子。她漸漸看出五月眼神裡的不同，雖然那多半只是一瞬間的事，五月沒有明說出來，因爲知道謎底而恐懼，她不恐懼，因爲無知，且繼續無知。她們之間維持著完美的、傾聽的姿勢，關於五月曲曲折折的同性愛戀心境，但那總還帶著說故事的口吻，恰恰好的距離……

直到情感細節有如魔鬼滲入她們之間，才後知後覺事情無法那樣簡單。儘管彼此相信性別絕非她們之間的全部，彼此也想要一個靈魂的朋友大過於一個終將被占有欲壓壞的情人，但是，兩人關係畢竟如小船在大海裡搖搖盪盪，航線一有偏差，就有人要因劇烈的顛簸而跳船逃走。感情沒法是一個人的事，再怎麼彼此劃分，波濤都是兩個人的。她盡可能表現得無動於衷，這之於五月，正是可悲的漠視，五月內底龐大的心魔，久遠的傷害。她再怎麼明白五月，仍然不夠明白什麼叫做被漠視，她知道五月許多傷口，但知道得還不夠深，不夠柔軟。

五月總希望她變成一個柔軟的人，她的獨來獨往，自己舔舐傷口，之於五月，都太冷峻了：心內有愛自然表現柔軟，何以你要逆向而爲？噩夢主卻是尊貴而傲慢地：世人呀，你們這些小海龜、女性們，愛是弱點，愛是陷阱，鹿群裡受了傷的小鹿，往往就是那血的氣息發散出去，以至於引來了豺狼的攻擊。樹人在路上攔住她：你到底在想什麼？這麼簡單的事你說得那麼複雜，你不可能不愛我。

有一陣子，樹人消失了，分手練習。

又有一陣子，樹人把頭髮留得很長，鬍子也不刮，臉上暗沉沉的，他把自己變成另一個人，截然不同於他留在她記憶裡的第一眼。

看樹人這樣改變自己，她心裡難過，想跟他說：不是這樣的，問題不在這裡。完全不是所謂文學的緣故。文學也不是這個樣子。

那你告訴我到底哪裡不對？樹人問得直銳：你到底要我怎麼樣？愛她簡直自取其辱。用樹人氣瘋了的時候說出來的話就是：我是哪裡配不上你？

好幾個季節，拉拉扯扯，樹人總想要說服她，至少也要她講個明白。但如何能明白呢？如果她自己都看不清楚內心的迷霧。噩夢主手一指，勾勒出朦朧的彼方，青春之心總把彼方與當下視爲二元對立，如修道院的厚重大門在身後沉沉扣上，她眷戀而胡亂地說：你不瞭解我。

概念堆砌的語言對樹人全不管用，他漸漸成了發怒的獸，吠月之犬。有一回，樹人總算堵住她，她無計可施鑽進路旁電話亭，試圖找人幫忙轉圜，沒想樹人跟著進來，不給撥號碼，也不給推門出去，就這樣死死困在電話亭裡。

她知道樹人不會傷她，只是不讓她走。樹人有時候固執得像頭牛，且他就是要用這個固執打動她，他相信她懂，只是不肯接受。他們在互比誰固執到頂了，就能讓對方退下陣來，不再折磨。

時間一分一秒經過，他們終而安靜而疲倦地，連爭吵都提不起勁了，只留著青春蠻橫的力，互推不開那扇門。那種玻璃盒子般、亮晶晶在黑夜裡演出一場默劇似的電話亭，如今是再也沒有了。他們彼此懊惱著，不想這麼做，但畢竟這麼做了，不知道拿自己怎麼辦，也不知道怎麼安慰對方，直到一個巡邏警員騎著腳踏車路過，才把他們釋放了出來。

整個夏天和五月很少碰面，靈魂無設防的談心不再適合，偶而打電話聊的多半是五月戀情，要不就是新話題：她把小說改編成劇本，和一群夥伴拍了短片，冬天結業式，同時影片發表會，五月要她一定去。

電梯門開，出乎意料的熱鬧場合，五月又成了人群裡奪目的孔雀。五月總能把痛苦化爲柴火，愈燒愈旺，讓自己亮得動人。應了噩夢主的高調：沒有靈魂的痛苦，沒有文學。何等殘酷，但她又不得不承認過程的確如此。噩夢的禮物就是想像力。她明白，五月、阿糧都是這樣的人，她們也是因爲這樣才變成朋友。她們是文學的孩子，終而，文學也是她們的孩子，這一點，怎麼樣都改變不了，她們也總是會被這一點所打動。

燈暗下來，影片開始，五月孩子氣地把頭枕在她的肩上，她沒有推開，一個單純的依靠。

她們繼續作一對好朋友，可那必須建立在很多規範與衝突之上，語言與行爲如履薄冰，地雷處處。關係時刻拉鋸。五月往前一步，她就退一步；五月退得太遠，她就拉她一把。這是關係既不穩定又不誠實的階段。她變得愈來愈厭倦於愛，聽人講到這個字就想捂上耳朵，她質疑何以愛總企圖把對方變成自己心中想要的模樣，之於她，愛是規馴，眼淚做成的暴力。至於五月的愛之旅，似乎已不可免地要朝現實搶灘上岸，翻開了一頁，就有更多祕密撕咬著她必須去翻下一頁，甚至於是整本書——用後來的話說，五月是在摸索建立她的「認同」，像一隻孤獨的爬蟲類，匍伏走進那還沒有完全開啓、而難免混淆各種性質的世界裡去。那段日子裡，她不問，五月也不說，整個世界依然封閉如同一隻醬缸，她們沉溺在各自的問題裡，關於存在，關於愛，關於自己要長成怎樣的模樣，如果她問得出口：你找到答案了嗎？五月會回給她一抹悽慘的笑：不，逃到哪裡都是一樣的，我，無處可去；還是會露出小丑般的鬼臉呢？對，你能懂得黑暗的溫暖嗎？呵，那裡人人都愛我她們那麼明白對方，卻又彼此隱匿傷口，親善以對，在她面前，五月常表現得一點事兒都沒有，要不就是一切都弄清楚了，一切都在控制之中，只有很少數的時候，才會因爲滿載不了自己的情緒，而暴烈地傷害了彼此。後來五月變得常常寫信，說不出話便寫信，這些信揭露了五月怎麼看她，怎麼把她放在一個位置，怎麼來跟她商量兩人繼續作朋友。她通常沒有回信，沒有表現出那些信對她的打擊。那些一封一封沒有回的信，在她們的歷史裡一次又一次按下傷害的計數器，五月一次一次被推近絕望與憤怒，無論她再做得如何之輕，自我禁抑與內心失敗的印記總還是折磨著五月，在個性深底，五月對於同性戀愛的宿命悲哀，從來沒有完全痊癒，她也過分曖昧地以爲寫作患難的情誼可以作爲一切的基底。根本的事實是，她們沒有比誰更強，足以克服這種人與人之間情感不對稱所必然要產生的誤解與傷害，關係曖昧自然會砸爛的攤子；甚至於，她們沒有比誰更強而是更敏感，以至於那些傷害的痛感是要加倍的。

她們小心翼翼要作對好朋友，反倒失卻了以往的溫暖，誠實，幽默。她們不得不彼此覺悟，存在就是折磨，承受不了，唯有禁斷。

忘了是誰通知她樹人自殺的消息，記憶中那個通知帶有深深的譴責。

命運給了她一次僥倖。躺在急診室的樹人，眼神空洞，醫院的薄被單蓋不滿他長長的腳，沒穿鞋也沒穿襪垂在那裡，非常土拙、淒慘的感覺。

死亡，第一次出現於她的眼前，表露著青春的荒涼，賭氣，心灰意冷，可是，爲什麼會是樹人呢？

樹人的事爲什麼使五月那樣哀傷呢？很長一段時間她不明白這一點，就像她不明白爲什麼樹人會做自殺這件事。

如果有所預期，她以爲五月會憤怒，像以前那樣責怪她欠缺柔軟，責備她這冷漠的人把樹人逼到自殺地步。或是至少安慰，她們不是好朋友嗎？沒有，五月很少說不出話來，就算耍寶也能胡謅幾句，但五月眞正不說話，眼底的哀傷彷彿死去的不是樹人，而是她自己。

如果有所預期，樹人從來不是透露生之厭倦的人，相反的，他堅強內斂，人生有所計畫，不曾說過痛苦這個字。心緒風吹草偃，把靈魂與死亡掛在嘴上的人，不是她和五月嗎？文學藝術裡反覆出現的自殺在眼前發生，竟然不是自己，也不是五月，而是樹人，這太無辜了。

回想起來，眞正不顧現實的是樹人，緊緊抓住抽象價值不放棄的是樹人吧，但那時光裡她就是以一種不可商量的虛無、晚熟，折磨著樹人與她的關係。樹人是個不輕易改變的人，他連吃飯菜色、地點都不太肯變，但現在他把自己變成什麼模樣？她得細細重頭想起，什麼時候泛出甜美氣息（她能說自己是無辜的嗎？）什麼時候拐個彎她便一股腦走進噩夢主預言的陰影裡去（靈魂受苦憑什麼高於其他？噩夢主何以高高在上？）那樣的轉折對樹人是太難理解，也太難接受了。特別是當後來連那薄弱的現實的反對也不存在的時候，樹人更把握要說服她，攔阻她，可她關上所有的門，像鴕鳥把頭埋在沙子裡。愛你簡直自取其辱。五月有沒有說過類似的話？

彷彿臉頰上被狠狠摔了一耳光，她一痛而忽然明白，和樹人一樣，五月內心藏的是愛情，簡單明白，原來都是愛情，任她想得再多也不能減去這分簡單明白。樹人的愛情也是眞的，不因爲他簡單明白就失卻了抽象的意義。她的腦袋到底在想什麼，海市蜃樓？空中樓閣？象牙塔？不存在的敵人？莫非噩夢主給的全是遁詞？

最痛苦的是被當作什麼都沒看到，五月這樣說過。即便她們之間無論如何有著寫作患難之情作爲釜底之薪，但後來時間裡確實是愛情在折磨著五月，她若視而不見，顧左右而言其他，這樣對待五月，和（太宰所恐懼的）世人又有何不同呢？以朋友之名對待他人，聽似多麼純潔，其實是個多麼恃寵而驕的詞。既然不再相信愛能打動什麼，再付出愛只是對自己的輕蔑，一種被羞辱的感覺，或許，像籠罩五月一樣地，使樹人失控了。

畢業典禮，五月沒有出現，阿糧把帶來的兩束花，一併送給了她。

打開另一本書，帶著分道揚鑣的意味，五月結束了愛情的試驗，找到並真正踏入她的家庭生活，一種所謂同性戀的家庭生活。是的，差不多到這種時候，同性戀這個名詞才在一些管徑上浮現出來。命名除魔，命名驅趕恐懼。然而，霧漸漸散的時候，她們已經不在那裡了。

說來完全沒有預感，渾然不覺地，她竟和五月一起走過了年少蒙昧的認同之路，或是陰錯陽差在五月身邊看她跌跌宕宕走過了這一段。其間，她們多少錯待了彼此，也在很多不必要的關口用盡了力氣與眼淚。還好，她們總是復原得很快，抽不走的釜底之薪。彷彿只是一個盛夏燃燒過後，拂一拂身上的塵埃，事態回復最早的模樣，只是換成五月走長長的夜路來到她的房間，家人飯後似的閒聊，談生活，談就職，談寫作，有些時候，五月根本只是帶本書來看，或者就在她的桌上寫日記。

節制。她們各自擺脫了人生中第一關情感的測試，生命的青澀新鮮味道也一日一日地淡薄下去，通往成人世界的門一一開啓，那之後若非甚麼也沒有，就是更多的銅牆鐵壁。青春腳步在這裡緩住，如水渦裡打迴旋，人人在此觀望、蘊釀一個未來的樣子。

那段時光安靜得像個過場，幕與幕間，情緒無輕無重。黑暗中，換場準備，五月手裡的劇本已經劃好了路徑，她也別無選擇地要去。那些路徑已經不在校園，也不在島嶼，而在更遠的他方。他方，新的時代流行語，透過種種陌生而拗口的翻譯詞，小眾相傳，叢林密徑，展示魔術的光暈，五月如信仰者渴求，如渴死者挖掘，絲縷糾纏，點滴以抱……

在燈光還沒完全打亮之前，五月蓄勢待發，她似乎已經決心頂撞世界朝她封鎖的大門，她被禁錮夠了，她執意要衝撞它，以超前時代的步伐，對這自私平靜的世界吶喊，自白，呈現自己的模樣。

一切都還很寂靜，沒有誰發出尖銳的聲音，五月義無反顧打開門，走了出去。

這是後來五月的寫作。

消息

それから

一九九三年

五月二十七日

距離上次在北上火車裡交給你的最後一封信，好像有一年沒有給你寫信了，這之間只有一次想要寫信給你，就是上個月打電話至東京給你時……今天夢到你，那已是完全喪失詮釋的線索，完全無甚意義的，再難感覺從前那樣的悲哀與寂寞，那些無從說起，不可觸及的，使我感到有如鉛重的鄉愁……

再過幾天就是我的生日，如往年我總不喜歡度生日，感覺人生殘酷依舊，只不過變奏著形式罷了（這種感覺還是只能對你訴說），但人大了，年齡一年年老，殘酷的事一件件過，反倒愈來愈幸福，愈來愈快樂，因爲人也愈來愈殘酷，雖然仍恐懼、厭煩於現實，但不怕人生，眞的！

想悠揚地唱歌，悲傷地哭泣，發熱病似地寫作，但總是不行，不夠美麗，不夠悲傷也不夠激狂，這些總是早已喪失或還要等待，除此之外，怎麼也不像在活著，野獸試圖要掙脫柵欄，生命的黑流盲動，酒神渴望酒精，狂亂、墮落與自我毀滅，到哪裡都一樣，這才是我的生命眞實……那些無所不在的秩序與生活制度，可笑啊，我們所宣稱的成年的責任，尋求一種存活的方式，多可笑的存活啊，爲了維持存活的形式，生命鏤空成虛幻……魚與水都已漏失，儘餘魚網。經過這麼多年，馴服各種人生價值，嘗試各種存活的經驗，心靈的百般乖戾也被收拾得差不多，開始和一般人一樣平凡、寧靜且保守，開始和人生一樣客觀、殘酷：存活就只是存活，存活的目標就僅是維持存活的形式，魚和水仍不斷地流經，卻彷彿是別人的生命一樣，恍惚……

一九九四年
十月五日

收到你的來信，不知如何形容那種感覺。好像自己一直都在等你的信，等一封信，也不是什麼特定內容的信，而是等一個自己心情轉到特定刻痕之時收到你的一封信，能自由、也想自然地親近你。

從信的三言兩語中，可以想像你這幾年的變化，彷彿整整兩年沒見過你了，而這樣的「不見」並沒使我不能理解你，也沒使我們變得遙遠。相反地，人多活幾年，離年少輕狂、血氣方剛的年代愈遠，什麼「變」與「不變」的調焦也就愈是準確，畫面也愈是穩定起來。我只相信你會變得愈來愈好，愈來愈柔韌，也愈來愈釐清，能去取捨你生命中幾個衝突的主題，或許也愈來愈能愛人或被人所愛吧……不是不知道某些東西對你的難處而如此天真地期待你的人生，而是我感覺到你在往這個方向行進。

這兩年的沒給你隻字片語，及無數的偶然造成的「不見」，反而是好的，使我明白某種你之於我的不變性，多少之於我重要的人物來來往往於這簡短的五年內，無論是以如何如何的身份，反倒使我相信：我們是有關連的。只是我也在等你在某個向位上長大起來，使我能在你的人生舞台上占有一個角色，我並不覺得這於你是件容易或單純的事；在我這方，我的人生還欠缺許多自信，自我承認，直到現在我也還不曾眞正學會自己愛自己，使我能在無論你是否知道如何待我的情形下，與你相處而內心能光滑不受疼痛的。

這個夏天之於我好長好長，我都不知道自己是怎麼熬過來的。光是這封信就寫了好幾次，怎麼寫也完成不了。中間的曲折及偶然太多，我變得甚至該怎麼給人寫信都忘記了，也沒辦法對別人述說我發生什麼事，但是我也是得給你消息的。

這個夏天，我打過一次電話找到你，那時我非常不好，非常脆弱，我割過一次腕，很痛，那一陣子很需要熟悉的聲音如你，所以冒失地追蹤你的電話到台北。

來日相見，或許那時你能從我眼裡看到一種具體的想像力，那想像力觸及的點是我們可以活得不要如此容易看到生活之中悲觀絕望的那一極端，也不需要分分秒秒跟自己的感覺奮力反抗、辯解才能勉強如此。我相信自己會有那麼一天，會有那種想像力的。

一九九五年
一月四日

收到相片時，眼淚忍不住湧出來，實在是太久沒看到你了，百感交集，剛和朋友去聽了一個大提琴回來，開門時已午夜，卡片就靜靜地躺在我的桌上，打開卡片，突然看到你，眞把我嚇住了，反覆看了看，睡前再把紙筆拿出來坐在床上寫點東西給你。

太久沒看到你，看到照片時，突然覺得自己無論如何是配不上你的，也不知爲什麼突然生出如此「無稽」的念頭，看看自己手背上結痂的醜陋傷口，最近任何人都會被它嚇到，想想自己實在是個形貌醜陋的怪人哪！你的確長大了一些，從照片上看來，白圍巾很好，紅大衣也很好，左臉也依舊很好，一切都很好。

看到照片掉眼淚的那一刹那，我想你站在我面前，和你站在照片裡其實也沒什麼不同，差別的是在照片面前，我可以隨意地掉淚，而若你站在我面前，我可能不會掉淚，也不會允許自己掉淚，這也不知道是爲什麼，不是因爲自己所站的角度是仰望你好美的姿勢，而是自己實在是從沒訓練好自己習慣於自在地站在你面前吧。

這也是爲什麼要以如此字跡潦草的方式給你寫信的緣故，覺得醜與亂，無序無目的，可以使我在你面前的種種壓力、限制與束縛暫時拋開，躲開，遺忘，我已忘記我這一生是不是曾經如我所努力對別人所做那般美美麗麗地給你寫過一封信，一封眞正美麗的信，是不是好好地分給你過我這個人眞正的華彩，但是我想我是一直努力地躲掉要給予你我好美麗的任何一絲努力，也不知道爲什麼，雖然明知你能懂，你能欣賞的，但總覺得在你面前不能淋漓盡致地表現，演出自己，也許是跟從前的「不被看見」有關吧。

唉，該怎麼跟你說呢？該說什麼呢？該用哪一種字體說呢？關於你，我是愈來愈自暴自棄了，也許我只要跟你說「自暴自棄」這四個字，你就完全懂了，對不對，因爲你是如此聰明。是的，自暴自棄，不想再給自己任何想像，任何憧憬，任何希望，任何享受，任何安慰，關於你，關於來自你，只要如從前般地「遺忘」就好了。

Do You Remember…

それから

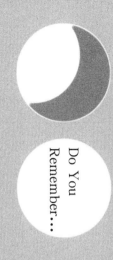

親愛的五月，讓我來給你回信吧。就從遺忘談起吧。不是所有遺忘都是時間慢慢洗去的，有些遺忘來自禁抑，有些遺忘來自斷裂，宛若電擊打壞了大腦裡的海馬體，某些時空發生過的事就是消失了，餘下來的連綴總顯得勉強，要不就是移花接木，湊成了別的故事。

在這本書的前一個稿本裡，我把《地下社會》在台灣上映的時間記成了一九九五年，因而以爲我是看了《地下社會》才打電話給你，也以爲那次台北重逢，我們想必聊了不少庫斯杜力卡。事實上，我記錯了。一九九五年確實是《地下社會》在歐洲囊括獎項的一年，但台灣要到隔年才引進了這部片子。

所以，你到底有沒有來得及看到呢？所以，當我在眞善美戲院看《地下社會》的時候，你已經不在這世上了？寫好的故事看來得再重寫一次，你喜歡移花接木的記憶，還是現實的憑據呢？初識時光，遙遠到只能用遠鏡頭去回望，至於其後，兩相別離卻又重逢的情節，我經常記不清楚甚而是記錯了，記憶原來有那麼多空洞，踩空了，消失了，要不至少也是一片混亂，還好你那三封信幫我把時空拼湊回來，可是，那些敘述爲什麼和現實落差如此之大，你爲何總不坦露凶險而要穿過現實發出那些狀似歡樂的聲音呢……

太宰治寫過一篇文章叫做〈東京八景〉，如果你以爲它是個景點指南，讓人循著去遊東京，那就大錯特錯了（不過，你想也知道太宰寫不來這類文章吧），所謂八景，不過是他東京十年輾轉遷徙的幾個住所，太宰藉其寫了當時的生活，發生於自己身上的事。

這時太宰三十二歲，剛結了婚，還沒有做父親，可以說剛告別了早期的《晚年》，進入所謂「安定與開花」的寫作中期。

我猜你不會喜歡「安定與開花」這個詞，可能還要說，正是那段時間的小市民生活，使他自覺腐爛了。

我們先不爭辯，事實上，〈東京八景〉在我看來也的確可以視爲《人間失格》的前史，每個階段，太宰似乎總得寫一些這類作品來跟自己對話。可是，我想告訴你，〈東京八景〉還有一點別的，難得地顯現了即使是太宰也有其覺悟與韌性，使我感到他的「安定與開花」並非一場虛妄的努力，啊，請你不要老說那是一場腐爛……

這些嚴肅的東西，之後再慢慢談吧。讓我先仿照〈東京八景〉的趣味，來說說別後的生活吧。

活動中心別後半年，我抵達日本，季節正春，可因爲一陣突來的冷霜，枝頭上才開苞的櫻花來不及綻放便凋零了，是個無櫻可賞的東京。對比你一心一意要去巴黎，我沒想過自己會到東京來，抵達當下，與其說擁抱了夢想，其實是連住處都不安定的現實在等著我。所以，我的東京第一景不過是新宿周邊的小旅館罷了。有個晚上，提著便當經過電話亭止住了腳步，那時刻，我想打個電話，說說話，但打給誰呢？心頭壓著一股最好不要去想，一想就無邊無際的不安。

在往日，柴米油鹽、鋼筋水泥、名分位階所構成的現實世界之所以不那麼為我們所重視，是因為無論如何我們正是由那個現實生長起來的，因為熟悉路徑得以演化到握有解釋現實的優勢，甚至無視／無感於現實的要求，入了眼底的現實也經常是心靈選擇後的結果。出國，固然是一種夢的投奔，可同時也存在一個陌生而龐大的，新的現實，俯視著新來乍到的我們——我們不再能恣意選擇現實，而必須先在現實結構裡找到求生之道——當我仰頭發現這個事實，恍然明白出國不是兒戲，我真正切斷聯繫，隻身陌地了。

那一晚，最後我打了電話給阿糧，簡短告訴他我已經到東京幾天了。你想也知道，阿糧一定說了溫和的話，他幾乎從來不應和激烈的情緒，甚至在他面前我往往要為自己的多感躁動感到不好意思。於是，只是小小的放縱，我就又提著便當回旅館了。

之後，由著一些租居的風波與條件，我不得不繼續在旅館裡留了個把個月。某個完全被陌生感所攫的星期天晚上，在NHK看到一張熟悉的臉，啊，那不是李維史陀嗎？眼前是東京？還是巴黎？當時我對他除了一本《憂鬱的熱帶》再沒有其他的理解了，可是，在那個冷清幾乎快有霉味的旅館裡，李維現身那一瞬間真有點奇妙，毫無期待會正面遭逢的抽象心靈，如此具體呈現眼前，李維不再只是一張照片，而是一個同步生存於現世的人，他的心靈在轉動，向著所有凝視他的人說話——那一瞬間我比打電話給阿糧那時刻更感到隻身陌地，但也感到彷彿有手照拂，眼前不存在什麼封閉與限制了，可我們也被拋進了眞正的水流之中，無形狀、無邊際、無處不可去，偉大心靈就在前方，但我們該如何游過這片心的海域呢……

那是一九九三年李維史陀接受《憂鬱的熱帶》日文版譯者的訪談錄像，以我當時的能力，並不足以聽懂他們在說些什麼，但內心難免起了騷動而跑去書店，找到李維的序，原來，他也是個日本迷，捲在十九世紀末以來巴黎對日本的想像與錯覺裡，童年李維著迷於浮世繪，對他而言，那些版畫裡藏著一個精細、適合玄想、夢般美的世界，當然，他也深知想像與現實的落差，因此，他似乎是有意延遲著他眞正踏上日本的時間……

我們有沒有來得及談過李維史陀？想來是沒有的吧，你喜愛他嗎？我不確定。想來有趣，我鍾情李維，卻是你去了巴黎？你迷讀日本文學，卻是我來了東京。李維將日本珍惜爲「童眞愛情的綠色天堂」，我心底的日本倒影卻毋寧是座死與美的山谷。我處於李維所譬喻的月的遮蔽面，而你，正在他所說的，月亮明亮的那一面。在那裡，你過著什麼樣的生活呢？我們會不會仍跟十九世紀相去不遠，因爲無知與距離而浪漫以爲對方正站在發光的起跑點，生活充滿驚奇與探險？抑或你會和我或其他所有買了機票離開的同代人一樣，將與現實生活正面相逢？還是你能繼續肆無忌憚地活在心靈世界裡？我難且不忍想像，如果有一天你無所選擇必須去面對捉襟見肘的現實世界，會是何種光景？

那天，我在書店同時看到了成疊擺放的村上春樹《國境之南、太陽之西》，那當下，難免還是想到你，想你必然大喊買一本吧，買了怎麼寄給你？沒有住址，沒有電話，更不可能有email，我們之間存在千山萬水，無論飛機往東還是往西，都要橫越大半個地球，飛上二十幾個小時，在更早的往昔，這段距離還得在海上漂好幾個月——我們確確實實分開了，不僅是心理上，也是地理上的，不僅是現在，也可能是以後整個未來，當時，我眞正以爲我們不再容易碰面，日後發展大約也不會有多少交集了。

就在那樣天地事物寂靜下來的時刻，某一天下午，旅館裡的公用電話響了。我拿起話筒，沙沙作響的雜音，以日語應答，久久傳來對方遲疑的英文，繼而忽然停斷，冒出了中文：「我啦，找到你了。」

我愣了愣，是你，你怎麼知道我在這裡。

再怎麼失了聯絡，你總有辦法找到我。故意拉高的大嗓門，說著你怎樣跟我母親聊天探消息。還記得那年的寒假嗎？你和幾個朋友到我老家去玩，小個兒，甜嘴巴，停不下來的活蹦亂跳，我媽給你取了個暱稱：厝角鳥兒，小麻雀的意思。

此刻，這飛得老遠的厝角鳥兒聽起來和往日一樣活氣，一樣說法國有多麼符合願望，多麼適宜伸展人性，月亮那一面多麼燦爛明亮。你還說，語言學校結束之後就要轉到巴黎去，巴黎，巴黎，你說起這個詞老像唱歌一樣。

掛斷電話，一切又歸於沉寂。我想我們彼此都很明白，短期內不會再通電話，舊話題不須重提，新話題不如如何開啓，這通電話應該只是你想確認一個聯繫，天涯海角，知道對方在哪裡就好了。

話雖如此，我畢竟起了點擔憂，依經驗，你那樣笑著說有的沒的，多少有事，就像那些還在景美的夜晚，我漸得了這樣的結論，沒事你不會找我。不過，你既然沒說出什麼，我也不打算追問，就把這通電話當作留學生活裡一點難免的跌宕，彼此講講話，聽聽聲音，就會撐過去的。那個時期，我相信你的柴火還很夠燃燒的。

⁂

東西貫穿整個東京的中央線，車廂是橙色的，橙色理應明亮，但可能因爲它跑得太遠，列車進站出站總帶著一股忙碌而疲憊的感覺，也可能它越過了太多的時間，那些車廂很少是不惹塵埃的，月台的風總有點蕭瑟，樑柱上染了灰黑的手漬。

我是住在小金井以後，才知道中央線是條有趣的軌道，除了起源甚早，更在關東大震災之後見證了東京市容的變遷。許多文人離開燒毀的舊街町，沿著中央線遷到新宿、中野以西，同時也給此區帶來了一股浮浪之氣，彼時正從南方殖民島嶼而來，學習繪畫、演劇、文學的台灣青年，也三三兩兩介入了這波浪潮。當太宰離開荻窪，去甲府迎了新婚生活之後回到東京，他選擇更偏西的三鷹落腳，雖然已經接近戰爭時期，這裡仍是成片荒地，連瓦斯都沒有，生活不便的地方。

小金井位於三鷹西鄰，想當然更多幾分郊氣，即便已經二十世紀末，中央線的繁華過了三鷹仍要頓減許多，等在車站前方的商店街通常一望就到盡頭，藏於街巷裡的食堂、酒肆、糕餅舖倒留了幾分浮世繪風情。生活在中央線來來去去，御茶水，國分寺，要不就是在吉祥寺換井之頭線去學校，日復一日，連風景都變得尋常的時候，我漸漸領悟人的生命本質到哪裡都一樣，沒辦法輕易抹去，也不會魔術般改變，只能帶著它一起走。

吉祥寺，這個戰後的黑市交易點，如今已演化成爲繁華的生活劇場。友人們經常約了這裡聚餐，購物，多數時候我們走到商店街盡頭，穿過已經蔚然成蔭的井之頭公園，在資深先輩僅容旋身的斗室裡，消耗一整個夜晚，以酒交換湮埋的歷史，想像那些百倍、千倍於我們自身苦難、寂寞逝去的人物，然後踩著夜巷，趕搭最後一班中央線回家。

不搭中央線的日子，有時我騎單車往北去幅員甚大的小金井公園，然後沿著玉川上水一路南行到三鷹，路有點遠，但河道氣息安靜，生態自然，林蔭繁茂而清涼，不出多少距離便有小橋婉約其上，日常芳香，歲月靜好，眞要列舉李維史陀所懷想「童眞愛情的綠色天堂」，那年我所能想起約莫只在此處，然而，此處，卻因太宰的投水，不可返地染上了死亡的氣味……

對比鎌倉的海，玉川上水沒有寬敞的河面，水也極淺，太宰亦是能泳之人，那些午後，我難免會停下來想，那個死如何能夠發生？那些死的理由是什麼呢？有島武郎：相對於愛死是如此輕盈？芥川龍之介：一種對未來的模糊的不安？我如此意外臨到了整個二十世紀開端，一個接著一個，夢遊隊伍般死的現場，然而，我並非爲此而來——彼時太宰已被我荒廢相當時日吧——我來此不正是想以歷史的大塊血肉來沖刷個人的心靈劇場嗎？與青春的迷惑、藝術的感傷主義作一暫別，讓文學成爲背景，走向現實的歷史，看看什麼樣的心靈在時代裡被輾碎，什麼樣的心靈挺到最後，人之眞誠與變貌，社會之吞噬與新生，都不是新鮮事，不過一回合一回合地在發生，我何不把自己丟進時間的洪流，把自己變成小寫？那一年，日日與語言磋磨，擦拭史料的霉氣，三〇年代席捲亞洲各處的左翼浪潮，眾多少年之心御風而行，就連虛無頹廢的太宰治亦在其中。

資格考結束，我起了旅行之心，一位外國友人恰巧打電話來聽說我要出發去伊豆，便起興一起去了。

事過境遷幾多年，翻開太宰治〈東京八景〉冒頭即是：伊豆南部，除了溫泉湧出，別無其他的無聊山村。

往事颸颸翻過，即便回憶再如何稀薄，那是個漁港而不是山村。或者，依傍著山的海邊小漁港。

太宰妻子曾寫及，太宰是不擅旅行之人，對選旅館等細節全無辦法，對自然亦不關心，風花雪月之類的詠嘆更是沒有的。

也有可能是我又記錯了，但多巧合啊，我們的確去了下田，太宰伊豆下榻之處。選擇伊豆，並非特意連繫著什麼文學的情思，不過是不想去箱根，便一路行過熱海，川端康成的天城與湯島，盡頭似地抵達了下田。

五月問過偶然性與必然性的問題，那時我自然無法二者擇一回答她。累積到現在，我的想法是，人生的確是一大堆偶然性構成的，不過，許多偶然性，點滴聯繫，卻可能在一段時間之後對我們揭曉了某些必然性。

想來生前，除了《斜陽》、《人間失格》，我與五月幾乎沒有讀過其他太宰作品，等到日後有機會通讀，幾次驚心，不是關於故事，而是某些命運般準確的語言，或如小金井到下田的巧合。類似情況也陸續發生於其他許多我所鍾愛的名字之上。我不得不猜疑，到底是我們自己的傾向無形中選擇了那些後來終將連成一氣的各種偶然，還是各偶然間的確存在嗅覺般的線索，以至於我們循線前去，最終回返似曾相識的風景？或者，什麼都沒有，那的的確確只是一些四處散佈的偶然罷了。

我們兩個人在寒風蕭瑟、濱海的山崖走著，那可能是個公園，或是通往哪裡的步道，滿樹枯枝，繡球花並不盛開。朋友陸陸續續說著參雜各種語言、各種國籍的戀情。在她的眼裡，我有時像總是長得不夠成熟的東方女孩，但又有些時候，她會依靠著身高幾乎跟她一樣的我，露出西方女孩粉嫩的賭氣。

「你難道沒有愛情故事可說說的嗎？」我的朋友這樣問。

川端康成的《伊豆舞孃》，什麼愛情故事也沒發生，但他的眼淚卻落在書包上。我的確沒有什麼可以說說的。那年底接到樹人電話，我很驚訝，原來是母親牽的線。經過死亡洗禮之後的樹人，宛若得了失憶症，截然不同於之前的口吻，只談工作，不提愛情。至於噩夢主已經退得很遠，一些男孩仍寫著信，老在深夜打電話來的學長問：你不是lesbian吧。我把這些全視爲偶然性，甚至不解其中含帶的意圖。我可嘆地仍如五月那樣傾向古典而缺少現代性地相信必然性的存在，不過，必然性的尋找不能是賭徒式的；過了這麼多年，我忽然想對五月這麼說。

伊豆結束，新的一年，樹人來了東京。急診室之後的重逢，他表現得很輕鬆，宛若甚麼事都沒發生過。那年難得大風雪，在新宿車站，當電車從白茫茫的軌道盡頭，熱呼呼向我們迎面而來的時候，不知怎地，我記起了《安娜卡列尼娜》從莫斯科返回彼得堡途中的狂風暴雪，所有應該看見的都被風雪覆蓋了。眼前樹人氣息呼呼冒著熱煙，他畢竟掩不住興奮，這是他第一次經驗雪。我們乘車去附近的皇宮，綠地已經完全為白雪所掩埋，只剩下厚重的石牆，行走雪地成爲唯一的樂趣，但那實在是艱難的，褲管腳底又濕又冷，樹人依舊興致勃勃拿著相機到處拍照，還要我幫他拍下在雪地裡的模樣。

夏天來臨，我搬離小金井，房租太吃力，遷入成城附近的留學生會館。雖是補助機構，但其所在成城卻比小金井貴氣許多，庶民風的巷弄被齊整的林蔭道所取代，同樣的靜謐，成城卻彷彿是全無油煙的，住在那些門扉內的文人，也已經從戰前的太宰治變成了戰後的大江健三郎。我安頓妥當，赴日以來首次回了台灣，老家桌上擱著明信片，乍看以爲是一張商家廣告單，翻過寫字面，赫然發現五月慣用的紅色筆，雜亂地擠在廣告文案裡：在地鐵遭搶劫，沒有你的電話，住址……

這是什麼？搶劫？上次電話之後無消無息的五月這樣幾個字就沒了？然後呢？這明信片寄來多久了？歪歪斜斜的字體給人不好的預感，五月不隨便潦草寫字的。

手邊沒帶五月的聯絡方式，就這樣不知如何動靜的幾天，在台北樹人住處意外有了電話，我謹慎而稀疏地：「喂……」

「嗨！」好大一股元氣，簡直像有人朝頭上拍了一記：「還活著，眞好，眞好。」

我愣了愣，話筒裡聲音很響亮，聽起來又很遠——五月，居然是五月，她能找到這裡來？

「你在哪裡？」

「巴黎啊，還能哪裡。」

「你怎麼知道我在這兒？」

「問你媽不就得了。」五月笑得響亮：「幸好我還記得你家電話，要不這下完蛋。」

距離上次，又一年，我搬了兩次家，回台灣又出了門，天涯海角，這厝角鳥兒真是怎麼樣都可以找到我。

「喂，看到我寄給你的明信片沒？真是夠衰，黑鬼把我的背包搶走了，裡頭記事本、你的電話、住址什麼的都不見了，簡直完蛋，謝天謝地，現在總算找到你了……」

五月嘰哩呱啦說了一堆，我總算搞清楚，謝天謝地，明信片只是不久之前的事。然後，再無劇情可說的我們，停了片刻，幾秒鐘，湧出一股沉默，龐大得幾乎讓人沒頂。五月很快清清嗓子，換了口氣嚷嚷：「喂，你到台北去幹嘛？怎樣，要嫁人了沒？」

五月想必從母親那裡知道了樹人的事，東問西問，口氣又急又亢，讓人找不到插嘴的機會。掛電話前五月又確認了住址電話，不弄清楚不放心似的，一直以來，五月總笑稱彼此是大樓管理員，一一九通報中心。也只能是如此了，我想，五月有她自己的路，回首只是眷戀，習慣性的擔心。我不想再對五月多說什麼，有時我甚至想，我表露得愈少，她就愈不會再掛念我，五月，你就去走你的江湖，忘了我吧，別再找我了。

偏偏酷暑八月，書店架上看到五月新書，紅色《手記》，熱騰騰地燙眼。前幾天的電話，卻提都沒提這事，莫非連五月自己都不知道書印好上市嗎？等不及買回家，在書店站著看完。一把斧頭迎面劈下：你懂了沒？懂了沒？雖然不是全不知情，但五月這一步還是使我驚動，沒料到五月跨了這樣大的一步。

❖

親愛的五月，既然你沒看到《地下社會》，我們就來說說吧。我不很確定你會不會喜歡這部片子，也許你會覺得它太嚴肅了，或者，那不是你最喜歡的庫斯杜力卡。

庫斯杜力卡的故事經常有的，留著青春元素的男孩，這一回合長大了。兩個哥兒們本來很好，好到可以爲對方出生入死，不過，他們很快變得不好了，或者，也不能說不好，不過是有東西阻隔於他們之間。那些東西是什麼呢？庫斯杜力卡這一次放進去的魔粉是政治。政治衍生的侵占、奪取、謊言、虛僞性，開端於偶然、巧合、不得不，結果卻愈滾愈大，回不了頭，哥兒們一個在地上搞權貴，一個在地下臥薪嘗膽，地上時間二十年，地下時間十五年（連時鐘都說謊了，這一定會使你發笑吧），終了（容我一句話說到底吧），說謊的人用到盡總也是該死了，被欺騙的人不知謊言地爲死去的人哭了一場。

這部片有一連串的陰錯陽差，換成別人簡直要變成劣作，但庫斯杜力卡就能故意拍成鬧劇，應該慷慨激昂的口號聽起來像陳腔濫調，應該偉大的人物看起來像喜劇演員，應該悲傷以對的，你知道，他一定是用荒謬與奇幻來表達了，就連他喜歡的動物們，同樣不缺席地鬧了一場，很好笑，庫斯杜力卡老要使我們發笑，笑過之後被一種無言（或僅僅只是懶得說出口）的惱怒與憂傷包圍。

走出戲院，我想，《地下社會》應該是庫斯杜力卡另一個階段的開始吧，可我又隱約預感，此去，下一個新的審美的高點、成熟點，我們應該會等上很久很久——

你還記得我們一起看的《流浪者之歌》嗎？何等歡樂、哀愁、美麗的故事，那些苦中作樂，那些雞飛狗跳，那些幻術，任誰都能察覺庫斯杜力卡練成了，一種材料與技術都上手的狀態，接下來，他需要其他無關技術，無可名之，無從預料的什麼，來將之沖開，拆解，如他喜愛的魔術，從帽子裡抓出一個什麼新的庫斯杜力卡來，那就是你我在等的吧。

現在，他交出了《地下社會》，庫斯杜力卡和安哲一樣走向拍史詩的行列了，他們也都爲史詩找到了新穎而說服人的形式，但庫斯杜力卡相對顯露了他的年青，橫在眼前那麼一片汪洋河面，他會如何走過去呢？

《流浪者之歌》彷彿是一個青春的高點，他得滑下來，換另一座山來爬，要不就從那個高點，披荊斬棘，開一條新的步道，通向另一群山的核心——

我想說的是，《手記》何嘗不能視爲一個青春的高點呢？那麼多材料、象徵、文字的能力，你準備好了，不是嗎？接下來，你不是應該從帽子裡抓出什麼更新的東西來嗎？你是一步跨過頭了嗎？慢慢來，不要一下暴衝到頂，你看，安哲還在拍呢，你不是看了他的新片嗎？那樣老的智慧之眼不會使你心生戀慕嗎？

說來說去都是老話，如果活下來就好了。活下來我們一起去看《地下社會》、看《永遠的一天》，就連你喜歡的《斜陽》、《人間失格》，不也是太宰努力活過幾個死之後才能寫到那個高度的嗎？人家說他有才無德，太宰倒說從未覺得自己有什麼文采，而是跌跌撞撞寫過來的。是的，我看他的中早期作品實在不能說一路順暢，其間打動人往往是那些他不屑矯飾也不帶諂媚寫出來之跌跌撞撞的境遇，唉，什麼把稿子裝在牛皮紙袋裡，取了個名字叫《晚年》，然後要去死了，有些時候，還眞覺得這位太宰先生跟你一樣孩子氣，讓人沒辦法。

之所以提到〈東京八景〉，不是要跟你重複太宰何以尋死的故事，而是想對你說說他此時的狀態。死了四、五次以後，該失去的都失去得差不多了，經濟上也已經不是貴族之子，租個陽春房間，自己煮飯過活，這時他三十歲，算是很遲地有了依靠寫作活下去的嚴肅念頭。帶著紙筆到伊豆去寫〈東京八景〉的情景，看來是連女侍也不尊重他了，但他已經能夠頂住恥辱與羞愧（就算你要說那是暫時性的，但那對他是多麼不容易的事），寫出來的作品裡，有這樣的句子：「這回的寫作不是當作遺書來寫，是爲了要活下去而寫的。」

◆

秋天成城，落葉沙沙，信箱裡同時躺著樹人與五月的來信。

樹人本是個不寫信的人，他在勉強自己寫信，信上的語言對他來說都太彆扭，我讀起來也不對勁。還在台北的時候，我們之間什麼也沒有提，怕一提又落進舊日局面。他比以前更腳底有根地活在現實世界，我內心卻依舊浮動不安，與其說想從樹人的身邊逃離，毋寧是想從以樹人爲象徵的現實生活逃離。我忍不住又說了各式各樣的話：志向不同，興趣不同，別說人生，就連朋友，一點交集都沒有。樹人嘆口氣：「又不是做生意，面面俱到，算這麼清楚做什麼？」

這就是樹人，他老是講得那麼簡單，但每每比我寬容大度。然而，我們之間還回得去嗎？有時候，我覺得就連樹人也沒了往日堅強的信心。有一天晚上，我跟樹人談起格林童話裡的漢賽爾與格萊特，一對被父母拋棄在森林裡迷路的兄妹，明明是貧窮而殘酷的故事，卻有那麼多美麗的譬喻：鴿子，貓咪，天堂裡的小娃娃，玫瑰，魔笛和小鹿，說到那隻小鹿，樹人打斷問我爲何要引述這個故事，我詞窮了。那似乎也是個有月光的晚上，可是，那些來時路上撒來做記號的麵包屑已被鳥獸啣走，我與樹人恐怕是找不到路徑回去了。

五月的信，有的看起來很愜意，繼續雄心壯志，有的看起來很糟。幾封信字跡是潦草的，我心底的警報系統開始亮紅燈，可是，自活動中心以來，這樁戀情她似乎不想說得太多，我也不多問。她寫信，我回信，彷彿積壓了幾年，各自存在心底的領悟與詠嘆，急著在那小小的信紙，細細密密顯露出來。「你來看我，或是我去看你吧？」有一封信，她這樣寫：「我們應該見見面。」

我遲疑了。看過《手記》，雖然比以前更理解她，但也因此更謹慎了。我沒答應，五月沒再來信，我想，我們又各自後退了一步。

那一年的冬天，爲什麼又回了台北呢？和五月事先約好？還是純屬偶然？記不得了，大抵是我不去巴黎，五月也別來東京，台北見吧。她恰巧送情人回台北？還是我回台北參加學術研討會？或是一個恰好的聖誕假期？記不得，記不得了，唯一線索只是某個在台北旅館醒來的早晨，一切事情像是辦完了，我打了個電話到五月老家，她母親客客氣氣說：「上台北去了，不過她交代你一定要打去找她喔。」

換個號碼，再撥一次，來接聽的女孩應是五月情人，我報了名字說要找五月。

不一會傳來五月聲音，我因其虛弱細微感到意外，講了幾句，她恢復活力：「你在哪？我去看你。」

那口氣很自然，好像我們這幾年根本沒斷過音訊似地。我腦中閃過太多念頭，還來不及開口，五月搶話：「你什麼也不用說，只要告訴我你在哪裡？」

「放心，我現在又病又弱，沒本事把你吃掉。」她又說。

你來看我，或是我去看你吧？這個句子在腦海裡響鬧，她那靈敏激烈的心，碰到棉花也會受傷，我們該見面嗎？她狀況不好，但我能使之轉好抑或更壞呢？公共電話裡的硬幣掉下去，發出刺耳的嗶聲。

「喂！」五月大喊：「你趕快再給我丟硬幣進去，電話斷了我氣你一輩子。」

「我告訴你，我們這幾年哪來什麼機會碰得到，現在好不容易你在台北我也在台北，不碰個面，誰知道下次見面又是怎樣了，笨蛋，你連這個道理都還沒搞懂嗎？」

「快點告訴我你在哪裡，我胃痛得要命，不要這樣折騰我。」五月幾乎發怒起來：「聽著，我說我不會對你怎樣，就是不會對你怎樣，喂，你聽到沒！」

那是活動中心道別以來的初見面。五月俐落跳下計程車，門一摔，大步走來。那模樣變了，成熟了，但有病容。迎面五月先發出了笑聲，取笑我住在這麼蠢的旅館裡：「誰叫你鬧分手，現在又無處投靠了吧。」

電話裡的尷尬一下子化解了，彼此很有默契地回到一種從容模式，變得孩子氣起來，我忽然感覺到餓，整個早上沒吃任何東西，五月便說，走，我們快去吃，一副她也很餓的神態。兩人在旅館附近找到路邊一家餛飩店，擺在騎樓下幾張油膩方桌，塑膠椅。沒想過重逢是這樣狼狽的，星期天過了下午兩點鐘，餐廳大多休息了。

吃完一碗，我說：「好好吃。」

五月坐在一旁微笑，她胃痛，根本就不能吃。

「要不要再吃一碗？」

「好。」

吃完了，兩人沒商量也沒問，站起來，沿著騎樓一直走，一直走，不知繞過幾個街角，腳瘦了，找間合適的咖啡館休息一會，然後離開，又繼續走，從過午走到晚上，又從晚上走到深夜。

一路上，到底在談些什麼？有那麼多講不完的話？沒有一絲陌生嗎？關於那段路上的談話細節，多年之後徹底從我的腦海裡消失了，甚至連兩人一起走在馬路上的形影也是模糊的，彷彿這件事是杜撰出來而不曾眞正發生過的。

清楚留下來的畫面唯有在台大後邊的辛亥路上，暗夜星光，我說：「你回去吧，我自己搭車回旅館。」

五月搖頭。

那就再走。

一條街又一條街，一個紅綠燈又一個紅綠燈，五月沒說出來，但就是不肯讓我自己回旅館。

最後終究走回去。兩個人都很累，大半天的長路。五月打量房間，翻翻地上的行李箱。

「你回去吧。」我又說。

「好。」五月說：「等你睡著我就回去。」

這般問答，接下來又重複了好幾次。

說不過她，我去換洗，準備就寢，進進出出五月坐在窗邊椅子裡，掏出一本書來看。

我們沒再說什麼。夜很靜，時間很短，經歷起伏卻這麼多。過去的時間已經改變了我們，變成一個對方不怎麼認識的人，而未來我們也將改變得更多，但這可能都是好的，我們應該學會依恃不同的東西長大，而不要只是繼續依恃對方……

這只是旅途中的靠岸，過幾天，我們即將回返各自的航線。難以預料五月此去將是如何，她總說得模糊，時好時壞，儘管重逢，卻沒有任何約定，要有，也只是別來送行，各上各的飛機吧……

這樣的夜，親愛的五月，我們該想起什麼呢?

我已經爲你提了太多太宰治。那麼，庫斯杜力卡吧。

Do You Remember Dolly Bell ?

一個少年模糊地愛上一個叫做Dolly Bell的女人，一個屬於成人世界的女人。庫斯杜力卡很早的作品，那種多數創作者都有過，凝視青春純愛與傷痕的，所謂處女作。

他愛用的超能力，原來早在這裡就有了源頭。催眠術會比共產主義更有效？庫式風格的笑話，但少年卻是認眞的，一心一意，相信催眠術可以讓人愈來愈堅強，愈來愈優秀，就連社會的未來與愛的未來也將隨之充滿希望……

當他不能保護Dolly Bell免於理所當然、粗暴不堪的傷害，他的心被大雨淋碎；當他終於練成了催眠術，可以使一隻兔子沉沉睡去，卻無法留住Dolly Bell。

後來，他賣掉了兔子，找到了Dolly Bell，可，他能要回什麼呢？

暴力與現實一直都在，我們只能繼續長大。遠行的車子要出發了，回望我與五月的過去，政治不是最突出的，後現代還沒有來，我們的眼神彷彿少年，雖然內心某些部分已經破碎，但總還想繼續唱：「每天，在各個方面，生活會一點一滴的好起來……」

輾轉反側，早晨的陽光從窗簾透進來，那個陽光讓人想起景美，一起度過的學生歲月，五月從椅子上站起來，說：「我要走了。」

春暖花開

それから

從明天起，做一個幸福的人
餵馬，劈柴，周遊世界
從明天起，關心糧食和蔬菜
我有一所房子，面朝大海，春暖花開
從明天起，和每一個親人通信
告訴他們我的幸福
那幸福的閃電告訴我的
我將告訴每一個人
給每一條河每一座山取一個溫暖的名字
陌生人，我也爲你祝福
願你有一個燦爛的前程
願你有情人終成眷屬
願你在塵世獲得幸福
我只願面朝大海，春暖花開

世紀之交，讀到中國詩人海子最後一首詩：〈面朝大海，春暖花開〉。

樸素的字詞，明亮溫暖的意象，可不知爲何，有一種說不出來的絕望與陌生流洩其中。美麗的願望，卻無關於己，說得像孩子那樣直率，任性祈求，純潔的心願。祝福，之於我，那是不可能了，但我仍舊祝福你，你們。

之所以抄寫這首詩，是因爲我總念及，五月在書後滿懷敬意譯寫的詩句：

將我遺忘在海邊吧。

我祝福您幸福健康。

兩者都一樣，死前的清明，良美無瑕的心象。都是一個揮別的手勢，轉回頭最後一眼，溫柔，和解，萬事萬物皆有了名字。

海子於一九八九年三月二十六日臥軌自殺的時候，二十五歲，在這之前約有七年文學創作。一九八八年，五月開始登第一篇小說，一九九五年離開這個世界，一樣七年創作，剛滿二十六歲的年紀。

海子的朋友西川這樣形容他：「小個子，圓臉，大眼睛，完全是個孩子。」

另一位朋友駱一禾如此評述海子：「單純，敏銳，富有創造性；同時急躁，易於受到傷害。」

那些年，難免讀了一些死亡之書，它們總是極其溫暖又極其哀傷的。必然性？那些書裡有太多必然性了。藝術之路的巧合，年青之心的巧合，共同揭示了那麼多自死的靈魂。他們一方面聰敏動人，不可一世，另方面卻又偏執行苦，或如張愛玲語：顯露驚人的愚笨；現實的窘迫、孤獨與癲狂，亦步亦驅陪伴他們，年青的血肉身軀燃燒，再燃燒，火光寂滅之處，不見幸福餘地。物傷其類，同情的理解，五月逝後，自殺這件事經常暗中敲叩我的心門，對我開啓某些祕徑，鬆開幾組密碼，使我聽聞自殺，那肉身心靈的折磨便如倒影在心上作弄波浪，我有時迴避，聽都不想聽，但也有時鼓起勇氣，彷彿爲五月找一些朋友，也爲自己理解五月找一點外援。見證何其沉重，我到底見證了什麼，不弄清楚，簡直時時有滅頂的恐懼。

春暖花開的季節，東京再見五月。

比起一個多月前，她顯得更瘦，但又有股精練之氣，記憶裡那個有著孩子外型的五月退得愈來愈遠，她身上開始有一種磨蝕過後的滄桑，就連臉上的皮膚也顯得暗沉，我猜得出來她用藥了，形壞體衰，但談起法國與老師，她所關愛的人與事，眼中依舊放出神采光芒。

從台北回來沒多久，收到五月字跡混亂的信，讀起來糟透了；我愈來愈面臨到五月的危機。連著幾封純淨得宛若遺言的信，除了別人的傷害，她重提我之於她在什麼位置，什麼意義，甚至說出了她對我的需要；這類語言，在過去，在我們之間，是被禁絕的，現在，她宛若自言自語，歌詠吟唱，吐露出來，那已經不像眞正向我需求什麼，而是一種眷戀，一種回首。

這使我感到恐怖，迴光返照的絕美。我看過她很多低潮，但這次分外緊張，我在面對一個死神相隨的人，用她自己恐怖至極的說法：死神就睡在我的枕頭邊。

除非我可以聽不懂她的語言，繼續把她的自殺當成隨口說說；除非我可以無動於衷，燃盡鏽壞的是她自己，與我無關，我無能爲力。

兩者都做不到，又如何呢？自以爲伸出手去便能拯救她如撈起溺水之人？對她說出情感言語便能使她死裡回生？

這些想法都太天眞了。經歷之前與五月的斷絕，我已深知關於五月這個地帶，得想清楚才行，就算這回合我想救她也是一樣；有些事情可以邊走邊看，邊發展邊想辦法，但五月不是可以接受這種糊塗蒙昧的人，她對情感何等靈銳，這是她吸引人的地方，也是她致命的弱點。任何打馬虎眼，裝模作樣，值此敏感之際，都可能擦槍走火，使她臣服於死的意念。

彷彿又回到大學畢業前的逼仄，我再度感到四面高牆。還能再打一次馬虎眼？還會有一次僥倖嗎？我不得不想起樹人的悲劇，死亡的威脅依舊令我憤怒，但我不能置之不理。我不想任何人再因我的逃避而受傷，即便我知道這階段給五月生命打上死結的關鍵並不在我。

我絞盡腦汁能做點什麼留住她。倘若我們都還在台灣，多少有點辦法，但今千里阻絕，能做什麼？在這之前，我的表達總是簡單，友誼控制在基礎維他命的劑量，既無法付出更多，就無理由期待兩人關係有何不同，甚至我們之間只能減少，而不能增多。我們之間已經如此對待很久，然而，此刻，還能這樣下去嗎？生命危急時刻，可以這樣漠然坐視對方嗎？

理解，同感於另一個人的靈魂，不忍心使之受傷害，想如善待自己一樣去善待對方，這是否只限定於身心互屬，情感占有的兩性之愛？後來我讀柳美里披露於《命》，與東由加多的情感聯繫：一種並非情人也並非親人的依賴與信任，一點都不覺得難以理解，而是一件自然的事。我無論如何不能無感於五月的受苦，那其中有太多我們的同質性，我們的歷史，儘管這共感並沒有投射成彼此適合的愛情，但我能在這時刻別開頭去當一個徹底的陌生人嗎？有沒有愛情故事可說，歸根究柢還是與人有關，而非只是與性別有關，如果同性無愛，異性也未必有愛，那時我漸漸清楚了，愛不愛，歸根究柢只是等待對象的獨特性。可是，五月怎麼想呢？她應該會說我的心靈蒙蔽在噩夢主的陰影之中，將情感寄託於不可實現的烏托邦，但在她自己那個銅牆鐵壁的內心深處，到底以什麼詮釋結束了上個階段，恐怕是再也不會被說出來了吧。看完《手記》，我心痛於五月對性別焦慮如此之深，遠遠超乎我所知道的程度。這樣的五月，脆弱時刻，說要到東京來，我該怎麼辦呢？

櫻花季節，花飛漫天，死亡黑影相隨，該如何抵抗才能不使之成眞？我們之間，一對和解的朋友，彼此已經知道在對方心中的分量，也都明白情感必須是一件誠實而強韌的事，不管那以什麼定義，即便是朋友，也不是隨便說說而已。

那個春天，我無論如何只希望五月能活下去，至於她要變成怎麼樣的人，都無所謂。過往的磨合，以及直到此刻也依舊存在的不完美，情感的殘缺，都不可能自然癒合，但我們已經決定要繞過那些，撞到死牆就拐彎走過去，把疼痛吞下去，因爲那就是限制，限制而已，不要誤以爲是對方故意折磨自己。

東京成城，生活一點一滴，我們之間，很多沒變，又有一絲陌生。「你看我們就像兩個好孩子，自由地散步於悲傷的天堂。」有一晚，五月唸了這樣的句子，來自她的老師西蘇，我腦中對應迴響起《人間失格》的尾聲：「我們所認識的小葉，非常老實，而且聰明機伶，只要不喝酒，不，即使喝酒……也是像神一樣的好孩子。」

是的，好孩子，在東京的五月就像個好孩子，可她受了很重的傷，肉體和靈魂都生病了，除了不忍，簡直令人有點生氣，她怎麼能夠把自己搞成這樣？再怎麼以自己的心靈爲食物，也不能吞噬到此地步。我與五月在文學館裡徘徊，那一連串夢遊的死亡隊伍，是已經從眼前走過去了呢？抑或仍在行進之中？當五月俯身端詳太宰之際，我知道她心裡在想什麼，但我也有一股衝動，想用力搖晃她的肩膀吵醒她：那是不同的，每一個死都是不同的，沒有哪一個死需要投射，沒有哪一個死可以獻祭……

她能明白我的意思嗎？就算她清醒之後要當我是俗物也沒有關係，我想說，五月，就算我們再怎麼理解那種痛苦，也不是爲了要把自己投擲進去。她會讓我講完嗎？如果她願意跟我爭辯那也是好的，可她會不會對我微笑（多可怕的微笑）？她會不會說：我都知道了。然後，我依然阻止不了，心之意象繼續增生繁殖，夢遊者的行進，文學，這甜毒的蜜，生與死的協商，一百年了，發狂的人依舊俯身朝向那想要自殺的人低聲道：你和我都是被世紀末的惡魔纏身的人呀……

五月離開之後，一整個夏天與秋天，到處晃蕩的季節，我去了幾次三鷹和小金井，沿著河邊步道，林蔭依舊，物是人非，童貞愛情的綠色天堂如今顯得荒蕪而憂傷，那些太宰住過的房子，買過酒的店家，埋葬的地方，即將在下世紀成爲新的觀光景點……

太宰死於六月，五月最終也是死於六月，透明夏季來臨之前的鬱滯時節……

天色向晚，春寒料峭，我們疾疾走過公園，穿得單薄的我打起哆嗦，五月執起我手，放在掌心搓揉想幫我取暖，我不慣與人這樣親暱而抽回了手，瞬間閃過一念：錯了。

五月臉上浮出受傷的神情，她想對我生氣，那生氣是久遠的，又是無奈的。回程電車上，彼此親善而壓抑著屬於自己的傷口。重逢畢竟是不容易的，總是充滿了過去的遺跡；分離前夕，我們甚且吵了一架。

我先因工作外出後又因巧遇朋友，回來時間比預定遲了很多。打開門，五月像一株枯萎的花，那時她總顯得非常脆弱，只要片刻離開，心魔就來威脅她。她累了，一股傷怨緩不住地爆發出來，責問我怎麼可能她就要離開還捨得不回來。

我不是不明白，但總也有做不到的時候。或者，我的的確確錯了，如果我知道那就是我們最後的時間。彼時走到那裡，我已有了點信心，她行的，她會走過危機，我不以爲死亡帶得走她。我解釋得太冷靜，太自我中心，雖然我知道只需要簡單的安撫，言語溫柔，偏偏我沒做到。我可能也因爲有了信心而對她提了些要求，不能這樣不能那樣，了無新意，拉著人要活下去的言語。或是，我多少責備了她的任性，講了黑暗的話：自己老說活不下去，別人能怎麼辦呢？哪個生命沒想過死，哪個生命不是想盡辦法活著的。

「你哪有不要這個生命，你要的很呢！」五月故意含著譏諷，彷彿要激怒我似地。我被她劃分出去，顧城寫過：準備死的人是飢餓的，他看著那些活著的人都有些奇怪。五月這話是什麼意思？我要活在這一頭勸她，還是靠向死亡那一邊？到底甚麼樣的語言才能抵達呢？活著又如何？你不要嗎？你不是比我更能活嗎？難不成你要學那些人說你活夠了？

腦中漸亂，死亡如電，冬天裡的毛衣，自己被自己觸得劈哩啪啦響。

偏巧不巧，電話在那時響了，竟然是噩夢主。

那自然不是一通愉快的電話，我也完全地受傷了。

第二回合。我已無法正常運轉，痼疾發作，即便五月送來關心也被我拒絕在外。然後，就像以前一樣，我的拒絕使她受傷，使她發怒。

「如果你不能適應這個世界，」五月喊：「你就一腳把它踢翻過來啊！」

「那是你的方式；」我默然整理方才哪刻擲碎的玻璃杯：「我有我的方式。」

儘管沒有那樣的意思，但我說出這樣的話，是回應了她之前的譏諷，劃清界限，傷害太大。

那一晚是我們現實故事的尾音，如果可以有一點僥倖，電話不在那個時候打來而是另外任何時候，都不至於牽連五月跌落我的情緒深谷。那深谷裡本該一個人都沒有，我不想傾吐，也不要安慰，這之於五月正是不堪忍受的絕情。

接下來的爭執到底說了什麼，完全沒有記憶，就連潑開來吵的題目是什麼也沒有印象，大約就是各自爲自己控訴吧。我們原本就各有各的問題，因爲自己不能完整而悲哀，在寬容自己的人面前，悲哀任性地轉成了憤怒。對誰憤怒？根本不是對對方憤怒，但我們就是喊叫起來了。

沒道理吵成那樣子的，我們根本不是因爲對方，也不是因爲此時此刻而吵，然而，好不容易堆砌起來的堤防畢竟潰堤了，長久由無數情緒石礫所積累而成的枯山，大雨沖刷，滾滾石流，淹沒了我們。五月開始嘔吐，哭泣，她那滿臉亂七八糟、完全放任自己失控的模樣，如同她在電話裡對著我嚎哭的聲音，壓垮我當下脆弱的心防。

我不知道怎麼安慰她，那時候，我像一台壞掉的機器，什麼功能都沒辦法再運轉了。暫停。請稍候。重新開機。如此就好。傷害已經夠多，不要再彼此吞噬。

我打開房門，暫時離開五月。外頭天還是黑的，我在街上亂走一氣，好不容易找到一個二十四小時連鎖店，把自己丟進去。

燈光，音樂，服務生。請給我水。等待黎明，街道現出輪廓，枝頭小鳥快樂啄食，清潔人員開始掃街，然後有了一些早起上班走路的人，服務生殷勤問我要不要續杯咖啡，日日重來，清潔的空氣，爲什麼我們不能過得好一點呢？

我很受挫，覺悟到要照顧一個心靈脆弱的人，我得極端穩定。五月說要到東京來，我以爲自己能做到，相信性別不會阻擾我們，看來若非我高估了自己，就是低估了五月，到底是同性愛戀眞正無法超克，還是因爲五月現在太脆弱，一根羽毛都可能使之受傷？

很多年後，在閱讀心理學書籍求援的階段裡，我看到這樣的一段話：不管多麼深愛自殺的人，到死亡那一刻，最持久的關係也常已磨損，枯竭，或完全斷絕。

磨損，枯竭，完全斷絕。看看這些醜陋的字。我對自己懊惱不已。疲憊如浪襲來。

天光大亮，一天正式展開，我振作精神，走回來時路。

打開房門，我預估看到的是一個累到睡著的五月，要不就是又恢復沒事伏在桌上看書寫日記的五月，我想我們應該還能朝對方擠出一個微笑，我以爲我們會言歸於好，彼此修復，就算她不要我送她去機場，起碼我們可以好好告別。

然而，打開門，沒有人，陽光從窗簾穿射進來，映照出空氣裡塵埃細細翻飛，彷彿那是唯一的動靜。床鋪被褥摺疊整齊，地上的嘔吐物也清乾淨了，我的房間回復平常模樣，但那收序是五月的風格，那片刻，我竟然想起最早她景美房間的模樣，物與物的秩序。

她離開了。這是什麼時候，什麼地方，五月竟然還能像以前一樣，說走就走。我搥胸頓足，不該這樣放下她的，她的狀況那麼糟。

那種沒有手機的年代，五月離開就是離開了，一點聯絡上她的辦法都沒有。

我擔心她不知如何摸索交通到機場，畢竟人生地不熟，急急打了電話到航空公司去詢問，確認她改了班次，上了飛機，然後，只能陷入等待，自我懊惱地等著五月飛行，降落；等她搭車，拖行李回家；然後，總算通上電話：「嗨，我到了。」五月聲音調回熟悉頻道，彷彿什麼都沒發生，我們對話又恢復親善溫柔，什麼指責也沒有，什麼錯都可以原諒。

但那畢竟是我最後見到的五月。春暖花開。何苦這樣作別。

在那之後的事情，宛若琴音拉到高處斷了弦，再也無法清楚拼湊，我也不想追究還原。所有災難都是瞬間的，爆炸，強光，在捂住眼的同時喪失了所有記憶，更改了未來。每走到那裡，我就好像獨自站在一個曝光過度，讓人睜不開眼的地方，是陽光燦爛（陽光怎麼會是白色的呢）？還是災後廢墟（廢墟該是黑色吧）？更多時候，我聯想到醫院死與白的長廊，縱深拉得很遠很遠，往盡頭愈收愈窄，終至聚成一點；在那裡，什麼都被收攏，吸納，不可見了；五月也許就隱身在翻過去的那一頭，在那裡頭將有更多我至今不能說明的事物與記憶，我走近一步，那個點就退遠一步，除非我奔跑起來，趕在那個洞口關閉起來，將自己投擲進去。

那一天

それから

海子的朋友西川這樣說過：「我一直假設海子臥軌自殺那天，他往山海關走，如果碰見個熟人，可能就去飯館吃飯了。」

心理衛生的書上說，自殺者親友對這件事總是試圖否認，甚至說那不是自殺，一定是發生什麼其他的事情了。

巴黎與東京的時差是八個小時，回到巴黎的五月經常在晚上打電話給我，東京的下午或黃昏，分別前的爭吵像沒發生過，我們又回到愛護的狀態，控訴與告解已經結束，不再嚴厲談論傷害與死亡，轉而無輕無重分享著一些生活裡正面的訊息。是的，正面，五月那時候像株趨光植物，努力復元自己，重新留意身邊的人事關係，從客觀事務嘗試重建自己的秩序，而且，她開始寫了，把這些經過都寫下來，然後，翻過去，變換另一個自己。

我對她有信心。雖然五月總不甘心於命運的桎梏而總想要死，但相對地，她的韌度也一直很夠，顧城對死寫過幾個字：「我不能夠死，我很珍惜我的死，它像顏料一樣美麗，應該要畫一張畫。」五月也給我類似感覺，他們絕非輕易捨得可死。當時五月知識與情感正發展到最靈敏與成熟的階段，如果透過寫，梳理了內心的糾結，原諒了傷害，她是有可能打破桎梏，穿跨到下一個階段的，她不就是這樣一路做過來的嗎？她有野心，她知道自己可以做什麼，作到什麼程度。獲取生命的才能，奔放如撲火之飛蛾。只是，現在，她得先爬起來才行。

不可否認，時好時壞。有時她寫來極美的信：早春巴黎，塞納河畔到處抽著綠芽，一片生機勃勃，雀躍的美。有時又跌宕反覆：「我的五臟六腑全都在嘔吐，要把全部愛的經驗都嘔吐出來，語言文字是一個向上超越的可能性，但不是全部，全部的體驗是一個大嘔吐。我得把這些全都嘔吐出來才行。」溫柔很快被悲哀用盡，陰影總是很快覆蓋了明朗，但我信心不滅，我相信我們之間的承諾，寫，然後，活。五月向來總會比我早一步踢翻這個世界，儘管這一回合如此險峻。

屋漏偏逢連夜雨，兔子死了，情人留給她的紀念物。

接下來的劇情便亂掉了。五月語言愈來愈不穩定，有時候極好，有時候佈滿眼淚與嚎叫，整個人彷彿被怨恨塞滿，身體也顯然歷經摧殘而病痛了，所有夢遊隊伍曾經寫過關於生之困境、精神折磨的情景，彷彿都在耳畔重現，我擔心，走到這一步，是不是也要如芥川所說：無論怎麼樣的戰鬥，都是肉體上所不可能的了。她終究要朝著那個命運走去嗎？啊，我不禁感到喪氣了，如何在死的滿空黑影之中說出任何有效的言語呢？認識五月這麼些年，我眞正能拉回她多少呢？爲什麼有時候她在身邊我明明感到她生之力量如此充沛，而我放開手就只能看著她一步一步朝那個命運走去呢？最後的五月，說著極陌生的言詞，寬恕與怨恨交織，虛弱與恐懼合唱，我開始疑心她話的眞假，擔心她被幻覺與幻聽帶走。

芥川龍之介，《某傻子的一生》，最後一節，〈敗北〉：

他執筆的手開始顫抖了，甚至連口水也流了出來。除了服用〇・八公克的veronal（催眠鎮靜劑）之後的甦醒，其餘時間他的腦袋不曾是清醒的，且那清醒也不過半小時或一小時而已。他只是在黯淡之中度著日子，彷彿拿著一把鋒刃已經磨損的細劍作爲手杖罷了。

即便如此，我仍然無法同意《遺書》的寫作是爲了接下來自殺而作的留言，一個早已篤定的計畫，甚至是一場淒厲的死亡表演。相反的，我認爲《遺書》充滿了求生的努力，對死亡的爬梳何嘗不是爲了克服死亡。寫成了，是要走過這個關卡，而非寫完了即可赴死。儘管後來的發展看起來像後者，但那實在是另一樁現實意外的結果。這樣的堅持，聽起來也許像心理學書上說的：否認、拒絕接受五月的死亡，轉而尋找代罪羔羊；但我至多只能接受以下的說法：《遺書》寫作時間的確是危險期，在此脆弱當口，一點風吹草動，都足以點燃死亡的火種，絕壁攀爬，一念之間，從制高點墜落，《遺書》真正平面成了遺書。

記憶刷白，那前後到底發生了什麼，除了少數幾個點，我是真的想不起來了。

那最後的一天？兩天？五月給我打了幾通電話？很多？或是僅僅只有最後那一通？無論如何，留在記憶裡的只有最後一通了。

那是一個已經失序的五月。時而柔和，時而暴怒接近詛咒，然後，一些交代，但我記得那些話都還是以如果開頭的。她的語氣中有很多很多的暴力，像是消化不了而被席捲著走，她告訴我就要去死，不給我空間地講了許多話，然後說，就這樣了。

她掛斷。我撥過去。她接起來，語氣虛弱，平平常常地回答：不要再說了。

我意識到她要掛電話，等等，我喊她，我得想辦法，阻止她。

等等——

電話斷了。

一種恐怖感瞬間使我汗毛直豎。這是什麼意思？五月現在要做什麼？她身邊有人嗎？老天，告訴我，這是真是假？我要怎麼判斷？

回撥電話，沒有人接。恐懼撒下漫天大網，我動彈不得。沒有勇氣再撥電話，我必須承認，拜託，五月，換你撥電話給我吧，我怕了。

東京夜半，台灣也晚了。我困在小房間裡，走來走去不知如何是好。不認識任何她在法國的朋友，手邊只有她老家電話，又抓不出輕重是否該撥電話把兩個老人叫醒，叫醒該怎麼說呢？我想必還抱著微薄的僥倖之心，一會兒想，不會，五月不會死的，她只是說如果；一會兒心裡又警報大作，如果五月這回來眞的怎麼辦？怎麼辦？我很急，簡直像從地球軌道上被拋擲出去，前後左右，找不到著力點降落，我和五月距離如此遙遠，但她聲音又在耳畔，我要怎麼穿過其間這些距離？距離？距離？時間一分一秒經過，我拿不定主意，束手無策，一分一秒都是驚險，無法停下念頭不去揣測死亡的腳步，這一秒，五月在做什麼？她發生什麼事？這些疑問，終我一生都不可能得到解答了。

折騰半夜。東京清晨，巴黎中午？我不確定，全不確定。電話響起來，我感到恐怖，孤注一擲的賭，這種時間的電話，如果，如果不是出現五月的聲音……

一個不認識的聲音，我的心沉下去——

對方斷斷續續說明，如何弄到我的電話，以及爲什麼要通知我；我沉默聽著，對方接下來講的內容是非日常的，我該驚訝大喊：什麼？你說什麼？開玩笑！夠了沒！你們眞是太過分了……

我該大喊大叫的，但是，我的心，抓不住，摸不著，唯一可辨識的念頭是：眞、的、發、生、了。

沒有失控，沒有任何情緒，打斷她：我知道了。

過去幾個小時，我該猛按警鈴，我該像個瘋子打電話，任何可以超越那個距離的動作，就算它一點意義都沒有，可笑我連這個都不確定，我還抱著可憐的僥倖之心，我做了什麼？

青春最愛的冒險，這盤賭上了五月的命。我輸得徹底，錯得徹底。我有不輸的機會嗎？莫非在她掛我電話之後就把刀尖刺進自己的心？五月，這太殘忍了。

心或情緒，平靜莫測，風浪未興，我不明白自己。

過了很久，我讓自己站起來，把電話放回原位，把自己放進原來的時間，換衣服，裝提袋，打開門，走出去，等公車，換電車。輪軸滑過枕木，離開月台，加速，奔馳，風刷過窗際，往事一幕幕浮生而瘋狂地倒退，五月去了哪裡？我能抵達哪裡？這世界運轉一如往常，我也做著一如往常的事，車廂人群密貼，恐怖感轉成了麻木，如果我不說，沒有人知道這個世界被戳破了一個洞，這個世界很快就要像氣球一樣消失了……我急急下了車，急急進了教室，頂著一顆燒灼的腦袋呆呆地坐在老位置上，同學說話的聲音好遠，熟悉中國當代藝術的先生走進來，發了資料，然後，他的聲音飄起來：「在進入七〇年代的繪畫之前，我想先跟各位岔題談一下文學，尤其是詩，今天我打算以顧城來談，嗯，不知各位是否知道顧城在紐西蘭的事情⋯⋯」

啊，好像有一個細胞活跳跳地瞬間醒了過來，這是開玩笑嗎？可以這麼巧在這個時候有人要提起顧城？我簡直是生氣了，顧城，這兩個字我爲什麼忽然聽懂，一聽懂整個痛苦就波濤洶湧起來，爲什麼非岔題顧城不可？爲什麼這些殘忍的事總不終止？

一九九五年

七月三日

一夜暴雨，五月走後一星期了。

經歷到自己身心裡一些很奇異的變化，似乎整個人莫名地在被推著往生與遺忘的方向走。關於五月，漸漸有種奇異的阻力，阻止我不再揣想巴黎可能的場景，取而代之浮上來的盡是往日回憶與一些五月說過的言語。此刻她的軀體仍然孤獨躺在巴黎我所不知道的地方，她的姊姊與雙親，應該已經抵達了吧。

星期四，在樓下大廳遇見法國朋友法夏爾，他依舊送給我一個微笑，我停下腳步，因爲想到了巴黎。

「日安。最近好嗎？」他說。

我擠出一絲微笑。

「怎麼了？你看起來如此憔悴。」他友善地摸了摸我的頭髮，我看著他，滿腦子巴黎，五月孤獨躺在那裡。

「你來自巴黎，是吧？」我開口說。

「對啊，你去過巴黎嗎？」

我搖搖頭，吞吞吐吐：「可是，現在我很想去……」

「眞的嗎？什麼時候？」他興奮起來：「我明天就要回巴黎呢。」

我望著他，不能相信機運在這個關節眼上跟我開玩笑，眼前這個人明天就能置身巴黎？而我卻在這兒一分一秒動彈不得……

「怎麼了？」見我眼眶轉紅，他很詫異：「發生什麼事嗎？」

巴黎這個詞在這時刻使我軟弱，我忍不住想說出來，告訴任何一個人，任何一個都好，我的朋友在巴黎自殺了……

「Don't cry, my poor girl...」法夏爾已經慌張得說不出日文，像熟朋友那般擁抱我。

「我沒辦法去巴黎，沒有簽證，沒辦法馬上就去……」我一邊哭一邊凌亂說出實情：

我想去巴黎看自殺的朋友，偏偏巴黎這麼遠，這麼難，我沒有辦法……法夏爾迷惑看著我，我想他已經不知道我在說什麼，只是吃驚地看著一個向來沒有熱絡反應的女孩在他眼前哭泣。

「不要哭了，總有辦法可以想的。」他幫我抹去眼淚，問道：「你學什麼的？」

「歷史。」我不知道他為什麼這樣問。

「那還好。來，我給你一個住址，你來巴黎的時候，如果真找不到工作就來找我，我會想辦法幫你的。」他說得很正經：「要不，你就先去看他，住一陣子就好，旅遊名義的話隨時可以去的……。」

我幾乎要破涕為笑，原來他沒聽懂我的日文，也難怪，自殺是個多冷僻的字眼，是可以隨便跟人說的嗎？法夏爾聽成我是因為思念巴黎朋友又弄不到資格居留才哭泣，這使我又哭又笑，像已經哭過了所以應該破涕為笑，我說謝謝，禮貌問他：「回去度夏天嗎？」

「不，我就不回來了。」

「你要歸國了？」

「是啊，我正忙著跟朋友道別呢。來，這是我的聯絡方式。」他從口袋裡掏出卡片，再給我一個擁抱：「見到你真好。真的，沒事的。我很喜歡你呢。到巴黎一定要來找我。」

七月二十日

昨天夜裡，南城下起大雨。風雨飄搖，昏天暗地，再讀《傅柯的生死愛慾》，心裡還是很激動。讀到傅柯說自殺是最終的想像方式，「殺人的命令和殺人的禁令，強迫自己殺人和被處死，自願犧牲和命定的懲罰，記憶和遺忘……」忍不住伏案哭泣起來。

「把死的願望變成壓倒一切且不可言狀的愛的情感。」似乎我們活在空想裡，並以幻覺繫住了事物的道德秩序，眞正執著且忠實於體驗的人，五月，果眞像我們從藝術史裡嗅來的直覺，在可怕的事故，在極限的體驗，在虛空的黑洞中完成了自己。

傅柯的守護神，再再牽動所有活動的根本命題：「我如何變成現在這個我，我何苦要爲現在這個我而受苦受難？」

八月四日

阿糧說：「你的現實感發生了問題。」

「什麼是現實感呢？」我問。

「正確地理解實在的現象，並適當地做出回應的能力。」

正確地理解，適當地回應。

「鬆開你的手吧。」阿糧扳開我緊握胸前的雙手：「眼前你先要學著放鬆。」放鬆。把力量從肩上放開；我想著日文的表現法：從肩上放開，放開。

對話進行在一輛夜行快車上，那時，我們剛自五月喪禮歸來。這兩天，他當眞給我寄了一捲他在醫院裡使用的錄音帶，來幫助我學習所謂的肌肉放鬆。他附上了這樣的一封信：「這可能和你過去習慣的思想藥方很不一樣，它應該算是行動療法吧。雖然教導人快樂無憂的生活，聽起來有那麼一絲妥協的味道，但你不妨試試，也許可以幫助你暫時紓解壓力的身心。思想的死結仍需靠思想來打通，但愛護自己的健康是另一回事，二者原先有相互矛盾之處嗎？」

八月十六日

「我的神經症保護了我，並透過寫作給了我幸福。」我不知道沙特寫這句子的時候是否難過，我讀這句子是難過的。如果說有什麼感動，那是來自於一種理解；我經常懷疑是不是因爲這樣的一種理解，我們才沉迷於閱讀與思索，追求一種自知、自我形象，然後停滯、挖掘、困苦。

走路，心中無限孤寂，我不知道怎樣才能中止心靈無止無盡感覺到孤獨，我不知道一個人的心靈能夠負載這樣敏銳的感受到什麼地步，我不知道眞相究竟是我堅持沉溺在此，還是我的確懷著勇氣才不願讓心靈死去。

八月二十二日

結束了過去一個多月的忙碌，由南港回台北的車上，因爲鬆懈，走走停停的紅綠燈裡，清清楚楚想起五月。

中途下車，走進戲院看一部叫做《神父》的電影，黑暗中年青俊美的神父跪在壇前哭喊：主啊，能使疾病消失、能使人復活的你，怎麼可能明白世間眞有絕望？

九月二日

樹人來了機場，僵著笑站在那裡，一句話也說不出口，我們連下次甚麼時候見面都沒有問。再怎麼彼此生疏，卻依舊明白他的眼神，那其中有一點恨，已經不像以前那樣明白恨的是我，但他恨了其他更使我難過。

九月十四日

東京，細雨。陰藍色的憂鬱。想念五月，想念過去我以爲她不可能眞死的日子，多麼奢侈，那些活生生的日子，那些活生生的形影相貌。餘生，美好的世景，而我們絕不可能再見。這是絕望吧，絕望的眞相，不必選擇，不必盼望，永不來臨。死別，而非生離。對著希望的根源沉默以對，表示拒絕，那畢竟只是一種意志的絕望；面對希望的空無（或根本不存在著希望這個辭彙的起源），沒有任何作爲會起意義，那眞正是徹底的絕望，如何反抗，如何思辨都無效了……

九月十六日

黎明，初次夢見五月，沒事一樣地微笑說話，但我抱著頭，蹲在角落裡，我看到圍繞她身上一圈說不出顏色的光，我說不出口，我不能說：五月，你知道你死了嗎？

九月二十六日

阿糧的來信：

我不知道用洗禮兩個字形容五月的死亡是否得當。認識五月的人，或多或少都被她的死亡影響而暫時離開習慣的生活軌道。有些人離開一下子又回到原點，因爲生命再不堪其苦，日子總得繼續。有些人在驚愕悲傷中看到自己那份再激不起浪花，和現實妥協的青春，即使偶而想起那些慘白、不愉快的感情事件，也不願再次掉入悲哀、無力的記憶裡……想想啊，創作的熱情，當初那股急欲把自己獻祭出去、不顧一切的瘋狂，都哪裡去了呢？實在很不想提起心之衰老這樣的字眼。看五月的手稿時，腦海裡經常浮現她的白頭髮（依稀記得當初在景美時她就有白頭髮了），覺得她在寫這些文章時心已經變得很老很老了（想到三島由紀夫的《天人五衰》），可是她也把熱情和年青活下來了，和她相形之下，這些年的社會經驗反而使我退卻了，面對藝術的無情與絕對時，我沉默了，從懼怖的黑洞前若無其事地轉身離開了。

十一月七日

樹人要訂婚了。他給過我選擇，可他要的答案我說不出口；我無法對他說出五月的死，我怎麼可能對樹人說出自殺二字；我支吾其詞，沒告訴他，我們之中眞正有人死了；沒告訴他，這段時日太難受；沒告訴他，在這關口要我有所決定是超乎負荷；沒告訴他，我可能明年就會回去，而不是不回去了；沒告訴他，我沒告訴他的事情太多了……

五月和樹人，這兩個人都從我的生命退場了。我想起去年夏天樹人找出來的一張相片，原來，畢業典禮那天下午，五月還是來了，被大雨淋得濕答答的她，在椰林大道上遇到了樹人，樹人硬拉著她拍了合照，這兩個和我故意錯開時間的人，一個長髮凌亂，一個落湯雞模樣，但都對鏡頭擠出了笑容……

十一月十五日

人生要結怎樣的果實呢？我還渴望繁花盛開的人生嗎？我說五月之死是繁花徒徒吹落，然而，我自己接下來的人生要結怎樣的果實呢？

十一月三十日

偶然的機會，又看了一遍《雙面維若妮卡》。

冷得發抖。打開今年第一次暖氣。

春暖花開之際，和五月久別重逢，一起看《雙面維若妮卡》。只有日文字幕，我問五月這樣行嗎？她笑笑：沒關係，對白非常少。

打開從來也沒眞正讀過的《挪威的森林》。第一章就叫我墜落，遺忘，一分一秒的遺忘，無法一刻之間就想起直子的臉，這次經過三秒鐘想起，下次就經過五秒鐘才想起，然後十秒鐘，一分鐘，像夕陽的影子愈拉愈長，終至隱沒在完全的黑暗中……

我也會這樣忘記五月嗎？人間短暫的分離並不可怕，即使我們隨著分離的時間漸漸記不清那個人的臉，但是，總還有一個新的，甚至永遠不變的臉等在前方，只要你還有機會，還願意去看他，他就在那裡。即使分離三年，五年，或是更多，多到記不清楚那人的臉，但那個人的記憶檔案總還是在的，即使分離，都是一種新的記憶。然而，死去是不一樣的吧？記憶不會再增新，只是現有記憶不斷地重複，不斷地更改，甚或不斷地遺忘，而遺忘是再一次的失去……

想到自己三十歲、四十歲的時候，要如何想起五月？以一張蒼老的臉在記憶光影裡尋找一張五月年青的臉？我會忘記五月嗎？那時的我能如何和五月相見？

十二月二十一日

昨夜看《米娜的故事》，最後場景難以承受。重點已經不是什麼電影，而是只消一點點訊息，就足以觸動全部，內心太飽漲，一被輕輕碰觸就潰堤。

人生是什麼呢？它眞等在那裡嗎？總有一天，我會明白原來時時刻刻我都不曾眞正逸出它的設想而眞正自由嗎？它只是柔情（殘酷無情）地等著，等著哪一天在我心上發出冰冷的聲音：總有一天，你會明白，你會臣服。這才是全部的眞相。啊，人生怎麼能夠如此活著？

彷彿許多災難自眼前橫過，自身心碾過，有時我會疑惑自己怎麼還能看著這樣的人生，繼續若無其事活下去？世界本身已經這麼若無其事，我如何能再和它一樣無情，一樣視若無睹活下去？我所目睹所知曉的祕密無從述說，如同去到末世回返之人，何處是桃花，何處是人間？

一九九六年
三月二十日
相隔五年，重看《新天堂樂園》，哭泣不已，彷彿片中人物托托重返小鎮，五月所說愛的禮物——
夢見五月，尋尋常常，平平靜靜，瑣瑣碎碎的生活。
（浴室在隔壁房間。）
（不，不是這樣的，要裝在便當盒裡。）
零星的對語，無線索的聲音。
在地圖上，五月住在我所居住的隔壁市區，彷彿是轉幾趟車就可以到的地方。
（你到我這裡來吧。）
（我要過了四點才能下課。）
（沒關係，我等。）
我踏進門，好奇打量眼前的屋子，五月拘謹又頑皮地站著。
（我得出門一趟。）
（沒關係，我等。）
夢中我們彷彿都不曾問出，分離時光我們各自做了什麼，爲何同在一個國度。

醒來疑惑許久才弄清楚那只是夢境。我使勁拍捶自己的腦袋，想把其中思維清空要不至少也把夢的重量倒一點出來看看。夢境或此刻，哪一端重？重的一端是不是就是眞實？眞實是什麼？五月，我已經不問這類問題了，你只要回答我，我們所要追尋的眞實到底可不可在？可不可以存在？

打開電視看見白色冰河，在寒冬的北海流動。

此地冬日剛過，春風微微吹來，櫻花要開了。

我要走了。

憂鬱貝蒂

それから

與C約好在信義路與復興南路口，十幾年前，那裡是一間二十四小時不打烊的頂好超市，在記憶裡顯得非常新穎，隔鄰地下室有一間廣收國外經典電影，自八○年代末期以來在知青圈子極爲有名的影碟中心。我隨C走下樓梯，深夜時分，四處散落好幾張邊幅不修的疲倦臉孔，這兒同樣是二十四小時不打烊，C是這裡的常客，熱烈掛在她嘴邊的幾個故事多半出自此處。

我們沒有花時間挑片，C約我來之前便說好了來看*Betty Blue*，憂鬱貝蒂。我毫無概念，從名字也摸不著頭緒。服務生領著我們到房間裡去，手腳俐落弄好了設備，才帶上門，影片一開場便赤裸裸湧上一場性愛。記憶裡，也許是還在摸索位置，也許是還好奇周遭的氣氛，回神看到螢幕已然歡愛呻吟之際，臉上不免尷尬且狼狽，好似荒唐闖進他人房間，目睹了不該看的畫面。

那分尷尬狼狽，今日想起來，自然反映了八○年代末期的拘謹氣氛；那是四年級前輩感嘆「美好而秩序」的年代的最後一個關口，後輩我們前腳雖已興奮踩進了未來的九○年代，但後腳不免還沾黏著啓蒙的八○年代習氣，因而那樣一場赤裸，直接，毫不遮掩，長達五分鐘的性愛開端，在我們扭捏望著的同時，心中似乎有什麼區域被毫無餘地揭開了，臉上不禁燒紅起來。那五分鐘內，我沒有轉頭去看C，電視螢幕裡映現的她的臉，模糊而看不出表情，我不知道當下她想些什麼，我甚至猜疑C是否已經看過這部片子，那麼，今日約我來看又是爲何呢？我想著這些，臉紅中有了一絲尷尬，進而又湧上了一點悲哀。在C與我之間，到底是怎樣的一種情感呢？我們一起端坐著，觀看眼前赤裸的異性交歡，理所當然的傲慢與快樂。C不發一語，連一句輕鬆調笑都沒有，她平常可能會這麼作的，爲什麼此刻她不呢？我坐立難安，不知自己該表示什麼。如此的僵局，使得那五分鐘，在記憶裡顯得極端漫長。

這之後所發生的故事，相對則以極快的速度進行了。《憂鬱貝蒂》在記憶裡留下了鮮明的黃與藍，洋溢著青春的情調，從頭到尾沒有一句聽不懂的對白，沒有一個弄不清的時序，可是，影片終場，我們卻心事重重，走出那間蒼白而又激情的影碟中心，走上八〇年代終點的夜涼馬路。我不記得那一夜後來我們說了什麼，也不清楚那一夜的《憂鬱貝蒂》，在我們兩人的歷史裡留下了什麼。很長一段時間，我甚至不明白《憂鬱貝蒂》是怎樣的一部片子，不明白貝蒂如此率性坦蕩爲何仍感到憂鬱，不明白她說「生命老是在阻擋我」是什麼意思，不明白一個人要怎麼挖出自己的眼睛，愛一個人又怎麼能用枕頭悶死她……

有太多事我不明白，自然也不足以明白當年的C。燒得燙手，重得像鉛的C，伏在桌前一寫就是好幾個鐘點，一談起喜愛的書與電影便激動莫名。她翻開托朋友出國買來的雜誌，指給我看：這是村上春樹，這是太宰治，這是三島由紀夫。她反覆讀著故鄉版的《挪威的森林》，對譯文時有抱怨，當時對村上春樹，對C的熱愛可說毫無概念的我竟能妄言：哪天幫你重譯吧。她的眼睛亮起來，我連這分光芒都看不明白。村上春樹後來徹徹底底暢銷了，我卻始終沒讀《挪威的森林》。我在拒絕什麼？一整個時代的流行？還是僅僅關於C的愛情？C與她的一幫朋友，在夜闇酒館裡且歌且哭，每個時代都必然有過的意氣風發、挫敗孤獨，他們所擁護的人與書，理論與電影，日後或許成爲某一類靈魂的認證標記，我卻無動於衷；在隱隱然觸著C的神祕熱情之際，我同時敏感到了熱情之中不可言說的危險痛苦，倘若我們只能對坐無語，那麼，目睹C宛如一隻美麗驕傲的孔雀，跳著那些炫目的知識之舞，徒然使人傷感，身外之物。

我與C後來疏遠了。我們之間，還需要很多很多的時間，來等待簾幕一重一重揭開。記憶裡那是一段極端安靜的時光，諸多聯繫C的符碼，匿步走進我的生活。我密釀在文字與影像的大酒缸裡，在新生南路台大對面，某些現在已毫無痕跡可辨識的密閉空間裡，拿著以月計費的票根，一小時又一小時，一天又一天，關在隔音棉板分割的小房間裡，K書般看遍了柏格曼、塔可夫斯基、楚浮、高達、維斯康堤、小津安二郎。這些人名成爲我九〇年代開頭的背景，悲苦黯淡的小人物，縫隙裡如蟻如狗的生存與交歡，安靜悠長如逝去之夢的人間小曲，罪惡與良心的大眾世相；美好驚心也好，教善懲惡也好，老舊的黑白畫面危顫顫地在小螢幕裡映放，好像隨時都可能燒壞，連配音也是沙啞不清的。離開小房間之際，我通常已兩眼紅澀，說不上來有什麼重要理由非這樣繼續看下去不可，然而，明天，後天，我還是會來到同樣的小房間，在那個密閉場域，繼續孤獨觀看那些伸出手去絕對觸不著可心靈卻爲之激動混亂的各種、各種人生，直到螢幕打出了FIN，我才離開，身心疲憊走上大街，目睹九〇年代的火種正逐漸地，逐漸地翻燒起來。

和那個時代裡的許多人一樣，大學念完，電影看完，就千方百計去弄了張國外機票。某日，當我在他方的跳蚤市場，努力搜尋廉價傢俱之際，無意看到一張面熟如故人的臉，那是貝蒂，《憂鬱貝蒂》，手托下巴在黃與藍的天際線下瞪著我。一張標著三十七點二度C的音樂光碟。我買下了它，在租來的狹小房間裡重複播放了好幾年。三十七點二度C，比體溫高一點的，激情。我在腦中搜尋記憶，那個漫長的五分鐘，以及其後的故事。一個來路不明的女子，與，一個無法面對現實的海邊油漆工的，愛情。廣告文案這樣寫著：絕對心痛的愛情，碰上一次就完了。我有點驚動，原來可以衍義至此，同時，它有了另一個名字：《巴黎野玫瑰》，聽起來像另一部不相干的電影。我想起與C的約定，決定爲她來讀一讀村上春樹，《挪威的森林》。第一章，我的眼光便停住了。渡邊對直子說，你要學著放鬆，把力量從肩膀鬆開，你懂嗎？鬆開。直子搖頭，給他一個固執而悽慘的笑容：不行，這樣一鬆開的話，我整個人恐怕就要散掉了。

與C重逢的時候，我並沒有告訴她，我爲她讀了村上春樹。C對我的生活很有意見，不談戀愛，不搞聯誼，和外界互動微乎其微。碰到過不去的時候怎麼辦呢？她這樣說，且像為我鋪路似地，開了生活一堆藥方，同時十分具體地逼我去買了一部錄影機。這件事在記憶裡留影得十分清晰，回程路上，她走前頭，手裡搖搖晃晃幫我提著錄影機的硬紙箱。彷彿又回到當年信義路與復興南路口，二十四小時不打烊的超級市場，我們在二十四小時不打烊的百視達錄影帶出租店挑片子，已然消瘦衰微的C說起每部片子的故事，口吻比我們天眞青春的時代還要熱烈虔誠，我開始感到不安，但一切都太遲了。我們一同重看了《雙面維若妮卡》，《新橋戀人》，一個卑微而癲狂的愛情，比多年之前的《憂鬱貝蒂》，更使我感到殘酷，不明白。

最後留下來的只是那台錄影機。我把C挑了而來不及看的片子給一部一部看完，接著，撈著她遺留的訊息，或我隱約摸出來的路數，再度進攻百視達。百視達先生友善地問：你那個朋友呢？我禮貌而微笑說，她先走了。《流浪者之歌》，《碧海藍天》，《直到世界末日》，各式各樣將隨時間淡去老去的片名，重複又重複刷洗著臨近世紀末的日子，漸漸我竟期待，總有一天，我會對這些殘酷而媚惑的事物失去所有感覺，屆時，我將不再為任何痛苦所動容。我固執地挑戰著，看片看到兩眼乾澀無感，直至某日遭遇一支叫做《夜夜夜狂》（*Les Nuits Fauves*）的片子，片名煽情至此，我本毫不在意，孰料悲劇無孔不入，一夕我竟淚流滿面。

其後 之一

それから

親愛的五月，那個夏天，你那些遺物送到我面前來的時候，戀愛的濃情蜜語，巧笑倩兮的合照、筆記、電影票根、海報、卡片種種，尙存著肉身溫度的觸覺，誰幫你收拾了這些，其他沒能收拾的呢？或者，這些東西，這個大盒子，根本就是你自己親手收拾的？你的打算是什麼？這些你到底是在乎還是不在乎？有時候你表現得好像這些是心血，有人傷了它們，你必然要像紀德那樣因爲妻子燒了書信而悲慟不已，但有時候又好像這些對你已全無意義，如果那個致死的核心不再對這些投以一絲愛意，留著何用？無論如何，這全是你的故事，甚至是你與他人的故事，我要如何拿捏？你到底要我幫你做些什麼呢？

巴黎的友人跟我約了台大側門對面的二樓咖啡館碰面（那些地方如今全消失了），他把紙箱擺在桌上，說起我所不瞭解的你。接著，我見了你的情人（我們爲什麼會約在百貨公司呢），她把你留在她那兒的東西也送回來。我可以拒絕嗎？爲什麼這些東西要四面八方匯集到我手上？如果這是所謂愛的禮物，受禮者原本並不是我，不是嗎？你到底要我幫你做些什麼呢？你在最後時刻找到了我，這是要測試我？還是測試你自己？測試我挽留你的力氣夠不夠？測試你自己要活的決心夠不夠？

捧著那個紙箱，站在大學時代走過非常非常多次的新生南路等紅燈，想到你的家人捧著你的骨灰搭飛機回來——這些情景對我們不會太過殘忍嗎？對你自己也太淒涼了吧？

那個夏天，另一件讓人無言以對的事情是，我的小說得了獎。

春日重逢之際，我已經很久不寫作了。你知道寫作使我戒備，我老懷疑寫作到底將救助我們的人生或將我們推入更深黑之處，你也知道，這是由於噩夢主的緣故，我內心總有兩股相反的力量在拉扯，既信慕，又懷疑，內心緊緊握住，言詞上又不斷否定它。對於這樣的我，你總是不同意的：噩夢主是你自己的心魔，他給的跟文學一點關係都沒有。你不明白我爲什麼要壓抑自己對文學的直覺，你總把寫作擺得很高，一副藝術無敵的志氣，我沒辦法那樣，也不至於反對你，我總表現出一副你就去寫吧，我寫不寫都無所謂。儘管如此，在那個殘忍而美好的四月，我電腦裡事實上存著幾篇已經寫就的作品，其中一篇校稿清樣甚至就躺在抽屜裡。我爲什麼沒有拿給你看呢？寫作的潔癖？拍板定稿前與誰也無法分享作品？還是因爲這篇久違的作品眞正寫到了我對性別的意見與看法，才拿捏不定要不要給你看？

我想，下次吧，下次還有機會。過一陣子該看到你自然就會看到，就像我當初在書店被你的《手記》砸到一樣。

然而，不一定總有下次的。我得到教訓了，你也眞夠狠的。

你回巴黎之後，我埋頭開始寫另一篇小說，你打電話來說也在寫，我以爲這樣很好，我們會共度難關。可是，寫作的圍城狀態，讓我在電話裡顯得冷淡，你以爲我又把自己關進銅牆鐵壁，以爲臨別那次爭執再度傷了我們的關係。事實不是如此，那些爭執根本傷不了我們，只是沒想是最後一面。我那時經常在心裡跟你說，等等我，五月，再撐一下，我快寫成了，你也會走過去的，眞的，眞的，我們再撐一下下。

作品定稿。你的狀況卻愈來愈不好，偏偏兔子又死了。月底，你沒撐過去。

把自己掏空，把體力用盡，把抽象思維操演到最極致，整個人如發燙的機器再也不能運轉。把那些長久共生於心裡的親密之物，如小鳥放掌心，讓它們飛走，不再回來，如擲花落水，不再回來，就算它們再現眼前，也已是他人之物，不再相認；這種寫作之後的孤獨感本來就不好受，這一次，分外難耐。

獨自駝著寫作之後的空虛過日子，現實生活裡沒有人與這件事有關係，沒有人能介入這個過程。

是的，過程，只是過程。

我們卻把生命的柴火，心的最靈敏，至深的悲歡與幸福，全都押注於這個過程。

熾熱的夏天，我接到電話，通知小說得了獎。

我該說什麼？我該高興嗎？在我爲你喪禮歸來的這個當口，誰給我一個榮耀？

你不是比我更相信藝術的力量？你不是說使我回到寫作是你的責任？現在，你不來收成績單嗎？

中國詩人西川說：失去一位眞正的朋友意味著失去一個偉大的靈感，失去一個夢，失去我們生命的一部分，失去一個回聲。

回聲，這個譬喻多好。

沒有出席頒獎典禮，我直接回了東京，在小房間裡攤開你的手稿。

芥川龍之介自殺前把最後作品《某傻子的一生》留給同門久米正雄：「之所以把稿子託給你，是因爲你應該是比誰都瞭解我的吧。」唉，總有人可以搶先這樣做呢。說什麼原稿要不要發表、時間、刊物，全任久米決定。收下這樣的託付，誰能不發表呀。芥川飲藥自盡是七月的事，十月，久米發表了《某傻子的一生》。

整個秋天到冬天，一頁一頁排你撕得零亂的筆記，那些文字對我而言是難以習慣的，但我得挺直腰桿走過去，一字一字幫你校正，一字一字幫你存檔；每個字彷彿還留著氣味，字跡裡的情緒與力氣也都還分明，如果我疑神疑鬼，我該想像你就在身邊盯著我做這些事，嫌我不夠慎重，又嫌我錙銖必較，大喊這個符號不能動，那個字不能刪……

一邊寫論文，一邊編遺稿，兩個高度壓縮腦袋的工作，我不知道自己是怎麼辦到的，但也許就是因爲這樣緊緊撐持著，才得以走過那段時間吧……

唉，親愛的五月，我是沒法騙你的，還是實話實說吧。那個秋天，我的確是一邊寫論文，一邊幫你謄稿，但同時，噩夢主或許聽說了你的事，打過幾次電話來，我幾乎每次都以大喊大叫收場，我想我是把那一年的無望與傷害全給發洩在那些尖叫裡了，我有恨，文學裡咬牙切齒那樣一字一字地恨，一邊寫一邊抹眼淚地恨，夠了，夠了，這些虛僞的句子。

噩夢主不發怒，噩夢主是高貴的，他不會理解這些凡人小獸的痛苦，他的診斷還是像以前一樣，總歸就是我的心靈太脆弱了。

那些尖叫後的平靜，好恐怖。回過神來看到現實世界的失序，好恐怖。幾次失控時刻，管理員從櫃檯頻頻按我房內對講機，或是聽到哪間窗子也傳來野獸般的大喊：STOP! STOP! 是的，我吵到人了，我的行徑若非像個瘋子起碼也是適應不良的人，他們聽不懂我叫什麼，我也沒來得及清醒聽到他們阻止我的聲音。

有一天房門縫下塞進一張紙條，遠遠看出來是中文字，我雖然有點慌張，但以爲是陌生人的垂問或安慰，內心極端羞愧。

然而那上頭寫的字完全不是那樣的：個人的事請自行管束，不要造成別人的困擾，同爲台灣來的，勸你一句，請自愛，不要讓我們跟著你一起丟臉。

好恐怖，好恐怖。厲鬼符似地，嚇得我把那張字條丟到很遠很遠的地方，再也不接電話，住在那宿舍裡也完全是如履薄冰，紅字般的人了。

交出論文，通過口試，直升博士班。我卻送了一份到此爲止的申請書。

到此爲止。一切取走，交回，退席吧，就連噩夢主也請出我的生命。你說：你回去，不要再待在這裡了。我也跟你說過類似的話：你先離開法國吧，回去，總有辦法可想，我們得先擺脫死亡。

儘管如此，我內心知道你不會肯的，你那麼好強要對生命既定的譜式進行抗爭，像一個挨揍的選手，反覆被擊倒再反覆站起來，可是，總有一次，總有一次，在數到十之後，沒有動靜，沒有人站起來——目睹這樣一個過程在眼前發生，雖然對你的死不是毫無準備，但真正發生，坦白說，還是把我給劈傻了，人，是真的會死的，死，是不可重來的。

你失敗了，我知道你絕不是在搞表演，你多麼努力要遠離死亡，結果還是輸給了死神。地下社會的苦煉，銜石塡海的信念，原來不是一定有所回報；奉獻，可能耗竭，也可能中途爆破身亡。重看那時的日記，發現事情剛發生之後，與其說沉溺在悲傷裡，毋寧表現著一種連我看起來都陌生的姿態，急切地想與過去人生作切割，以大聲口氣訓誡自己，來不及了，沒有以後了。那時的我可能沒有辦法正面凝視悲傷，轉而替代生出了憤恨，不甘心如你這樣的人就此蒸發，不甘心我們共同經歷、賦予價值的意義就此退陣，而發願要趕快去做點什麼——這當然都是後見之明了——看起來，我靠著一股賭氣過活，放下原來轉進學院安身立命的想法，仗著一股虛無的力氣，把模糊的交談當作承諾，我回台灣了，朝一個不可預測的未來拋擲進去。

回家。父母不明就裡而小心翼翼，我並沒有告訴他們，那隻活潑愛講話的厝角鳥兒已經不在世上，他們以爲原因出在樹人的結婚。有一天，父親走進我的房間，平靜口吻問我，接下來有什麼打算。我盡量說得很樂觀，無所謂，好像這原來就是我的打算：過一陣子會上台北去找工作，有機會兼課教書也可以。隻字不提寫作。

爲什麼我們如此畏懼情感語言？人與人之間所能達成的溝通與心裡所想表達的，仍然差距如此之大。當時我多想跟父親說：爸爸，我跌倒了，很痛，爸爸，我知道寫作使你不放心，可是，可不可以讓我去試試？要到很多年之後，我才理解，父親的心，我應該告訴他實情，就像他也應該明白告訴我，他曾希望我能撐下去，不要回來的。

行李漂洋過海送回來，堆在角落，母親催著我收拾。生活得重新開始，我對自己立志。哪些收在身邊帶走，哪些暫放老家，哪些歸學術，哪些留給文藝，哪些日常可用，哪些就此封箱，不過，一切總得先上台北去租個房子才行……一趟遷徙搞得人渾身痠痛，我把自己丟進浴缸，腦袋疲乏，昏沉沉至想閉眼地步，委屈與創傷從縫隙流滲出來，對自己對別人都說不出口的靈魂與垃圾，夠了，能否不要這些，撐不下去，偏偏我沒法跟人坦白撐不下去，坦白與眞相大多數人捂住耳朵不要聽，揮揮手說你這是想不開、鑽牛角尖、個性古怪，這些說法，我聽膩了。

我第一次想像，你說過的割腕，傷口淌在暖水裡。

你知道我從來不是把自殺當成方法的人，我那麼反對你的自殺，而那念頭此刻毫無預警，如蛇靜靜鑽進心內，張愛玲有個句子後來使我感到恐怖：靜靜地殺機。

我顯然錯估了自己，勇氣也好，賭氣也好，若非只是氣球猛吹，就是河豚垂死掙扎，我若非假裝沒看到傷口，要不就把事情平常化，哪個人不受傷，我又有什麼好特別誇大。我以爲自己可以療傷，直到傷口潰爛，蛇信如花，靜靜地殺機，死亡之蛇沿著路徑向我靠近，我幾乎要被恐懼吞噬，啊，挺住，不要慌，不要輕舉妄動，靜靜讓牠過去，一點點心驚膽顫的軟弱都不要顯露，讓牠過去，過去就沒事了。

沒事了。站起來。我對自己說：爬出這個浴缸就是了。

很多年後，這個家已經舊了，很少使用的這間浴室卻始終留著新態，每次回到這裡，刷牙洗臉，我依舊清楚記得那夜細蛇爬行的模樣，那是年青時代的一個卡點，在那裡，我們得奮力游過一片黑海，如你所說：越過一座山峰；掉轉過身，我和父親一樣，感覺時候到了，該出門了。

台北。溫州街。和平東路。敦南復興。木柵。新店。盆地之南。高架捷運與快速道路。車窗外回復熟悉山景，但使我們興致勃勃的火苗都已經熄滅。

上班面試日，老闆開口第一個考題：「好，說說你能爲我們做些什麼？」

學著用另一套語言重新解釋自己，把自己當一部機械重新發動，每天開啓固定功能，製造一定產能，把自己變成一個有效的人，一個組織的一員，有名片有聚餐的人，我從來沒有對人提起你，他人談論我也當作沒有聽見，也許我還在賭氣，也許我不知如何對應，身上彷彿裝了一組自動安全裝置，警報響起便封閉所有對外管道。

我不知道其他走過自殺的倖存者，如何掙脫死亡陰影，那時候看的許多精神醫學書上反覆提到，不要抗拒與人談自殺，要把傷痛宣洩出來，這是一種working through，修通。「每一次你將痛苦的經驗說開，情況就有所轉變。經驗彷彿像個萬花筒：每次轉動，裡面的花樣都會重新組合。」

如果我眞能與人談起你，如果我面對的是一個無名的、年青的死，那個經驗的萬花筒會組合出什麼樣的花樣呢？回到台灣不久，很快迎接解嚴十年，很多當年還在苗芽的觀念，現在都已茁壯，往外散播影響力。你以爲始終不來的，一下子就來了，你以爲要用盡力氣才能踢翻的，一下子就生成了不同的面貌。《手記》出版之際仍作爲一個伏流詞的同性戀，忽然之間，就成了普遍用語，台灣翻身一轉成爲對同志議題友善而興趣的地區，你沒料到吧，你竟會成爲一個象徵，你的自殺成了一個事件，你的書死後追封給了獎，許多作家也給你寫了讚美文，再過幾年，關於你的學術評論一篇篇出爐，同志論述裡你成了指標人物……

時代翻天覆地在變，我常想如果你活到這個時代，是否難關都已過去，新穎發燒的舞台等著你，你那靈銳的稜角應該會逐漸磨合，我們對坐會來到新的體悟、新的話題……

我不知道這幾年你在哪裡？找到生命永恆棲息之地嗎？前幾年，你的寶貝姊姊找了通靈人轉述你過得很平靜，說你是個與眾不同的靈魂，不受前生未了的情欲所苦，亦不爲輪迴求生欲望所苦，而且，你和其他靈魂不同，你沒有什麼話急著想要透過他轉達給我們，你很安靜，靜靜地練字修行。

「聽起來很像，不是嗎？」姊姊有欣慰的眼神，你走後，許多現實重擔落到她的肩上，儘管每天還是東奔西跑忙得像陀螺，可她心底似乎不曾遺忘你一時一刻，任何關於你的細節、探觸生前死後的可能她都會去試試，而我是愈來愈少去看你了，不去，關於你的死，就只是抽象的，我們分離不見是常態，一、兩年不見沒有什麼，四年、五年也沒有關係，但讓我站在那小小的塔位前給你撚香，實在什麼話都說不出來，我根本不習慣於你的死。你在這裡？你會在這裡？不在這裡又去了哪裡？練字，確實很像你，我想到你很用力的握筆姿勢。可是，那是什麼地方？你以什麼模樣存在？你還存在嗎？這些問號一拋出來就燒壞了我的腦袋，思維走入死巷，當機。

每次離開小鎮，內心總是空盪盪的，不知自己爲何要來。就當作來看你的姊姊，她煩惱一年一年又多了一些，看看你的父母，他們一年一年老去，房子愈來愈舊，小鎮愈來愈繁榮。我從不抱著念你的情緒而來，只是替你還鄉，你的家人總對我親切多禮，我也總覺得在他們面前，我該有所活力，最好還如你一樣愛說笑話；逝者已矣，生者我們盡量如你祝福：幸福健康地活著。

辦公室裡解嚴十年的活動辦得熱熱鬧鬧，我很忙，忙著把文化包裝成商品，忙著讓知識與時尚、寶石、美酒並列，同部門主管是個對很多事物都興致勃勃的人，她或許設定曾經寫作的我必然對藝術話題感興趣，經常跟我談論她看過的哪部電影、哪本書、哪個怪胎作者，哪個很棒、不得了，或是相反很無趣、老套、假道學等等，她是個笑聲爽朗的人，在喜歡的事情上從不吝於使用誇張的形容詞，相對我則鮮少表態，我不是反對她，通常只是沒有提起興趣，因為我在文學上的看法和她不盡相同，在哲學藝術上的知識則遠不如她，因此通常沒有回報以熱烈的討論。

有一次，她講到一半，停下來：「你知道嗎？不管問你東西好不好吃，書好不好看，這個人那個人怎麼樣，你的口頭禪就是：還好。」她挑著眉毛說：「請問，這是不好的意思嗎？」

「不是啊。」我愣了：「我沒有那樣的意思。」

「那你為什麼不說：好，很好呢？」

我沉默著，她講的是事實，我確實常順口說還好，但我以為那會表達「我同意」的意思。

「還好聽起來很勉強。」她說：「好像你只是不好意思批評而已。」

那天自然不是愉快的，不，我應該是造成她相當久的不愉快，所以她才會憋不住說了出來。

那之後也很難愉快了。我感覺得出來，她曾經想跟我做朋友，那種不受職場階級所限制的朋友，她並非平庸無趣之人，相對，是我的冷漠甚或驕傲（在他人眼中看起來是如此吧）造成了阻隔，她也很快看出我對工作缺乏野心，漸漸收回了她的期待與安排，不再主動拉把椅子跟我說話，我們變成平常的主管與下屬，有一次，我坐在她面前，聽她條列待辦事項，也許是我臉上什麼神情又激怒了她，她忽然拉下臉：「你就不能拿個筆記本把我剛才講的事記下來嗎？」

我道歉，我的確需要道歉。若非我的漫不經心激怒了她，就是她認爲自己錯看了我，原來我是這麼平庸無感的人。

有一天，她作東請幾個同事聚餐，那個階段，我也許做什麼事都是魂不守舍的，沒有對人對話題眞正投以興趣。在步出餐廳，四面八方前後道別的路上，漸次剩下了我和她以及零落兩三人，談到西門町的人氣吃食：上次我老公帶來那個很棒吧？嗯，對啊，每次都是一堆人排隊呢，它那個餡吃起來果然就是不一樣呀。問到我，我不留神又回應了還好之類的詞語。

「又只是還好喔。」她酸溜溜地說。

「對不起，我的意思是很好。」

「算了，現在才講有什麼用。」

另兩位同事沒聽出異樣，話題繼續蔓延到附近某家電影院，現在不准帶外食云云，我沒再解釋，默默跟著回家的路途。

「唉，我說呀，你這個人眞是——」我的主管用較平日更低沉的口吻，自言自語似地：「我眞懷疑還有什麼東西會引起你的熱情。」

我抬頭迎見她的眼神，她的眼神是嚴厲的，不知道因爲還當我是朋友所以有著苛責，還是已經徹底對我這個人失望。那個眼神交會之間，她知道我聽見這句話了。

日常生活，舉重若輕，大家繼續閒聊，話很快就散了。再見。晚安。我走過馬路，站在台電大樓前等公車，看著她們背影漸漸走遠，那句話如巨石自山頂滑落，將我輾得粉碎。

其後 之二

それから

那些年，一直在換事情做。

換工作，換住處，換讀書主題，換生活方式，一段時間天未亮就起床，一段時間總是熬夜，沒有承續，沒有累積，轉換任何東西，就是沒換裡頭的情緒。

在心理學的書裡面，這樣的過程被形容爲逃跑。

我什麼時候開始看心理學的書？大約就是這時期吧，包括宗教的書也一本一本打開讀下去。

離開台北之前，認識了一個簡稱ＤＣ的醫師。

那是所謂千禧年，電腦病毒大批出籠，準備癱瘓人類自豪的虛幻城邦，我體內豢養的情緒病毒也開始肆虐，以各種疼痛癱瘓日常生活，我不得不克服心防，掛了精神科的門診。

如果記得沒錯，ＤＣ在第一次陌生而混亂的門診時間，就問我通常在什麼時候寫作，我沒料到這問題，沒料到他知道我與寫作的關係。我沉默。ＤＣ又重複問一次，我胡亂作答，因爲那時的我根本談不上什麼寫作規律。第二次就診，ＤＣ又問寫作還好嗎？我覺得他說的話豈非緣木求魚？那時我的心情若非極爲躁亂，就是空白感覺，談論寫作何等奢侈？我又沉默，露出尷尬笑容。他諒解沉思片刻，然後，如斷論又似自言自語：「所以，大約是停擺狀況？」

我愣了愣，不得不點頭，淚水差點湧上來。「停擺」——這兩個字，從一名醫師的嘴裡說出來，客觀得像個大石頭痛砸我的腦袋。那確實就是事實。

DC開藥。我拿著藥盒子，沒辦法把膠膜戳破。

對我這種連以酒精麻痺自己都做不到的人來說，問診代表繳械，把自我控制權交出去。藥物是進一步投降，俘虜，我要讓化學改變自己嗎？

我打電話給DC，結結巴巴告訴他我沒辦法把藥丸呑下去。

DC很溫和，他的意思是：藥物沒有你想的那麼複雜，它只是一個幫助。

藥物使我哈欠連連流鼻水，走路跌倒，多夢早醒，腦子清醒而紛亂，如蚯蚓紛紛爬出土面。

門診時間內我總顯得抗拒，既不知如何描述病情，亦不知痊癒景象何在；什麼叫病了？什麼叫好了？我戒備。我恥辱。要不就安撫自己並非對象，小題大做，浪費醫療資源。

幾次門診之後，DC慈悲地跟我另外約了治療室的時間，斷斷續續，我在他對面那張椅子裡坐了三年光陰，直到我自己片面中斷會面之前，依舊沒有提到五月在我心中的景觀。

是的，回想起來，從事情發生之前以及其後，我都沒有與人談過這樁死亡。即便出現請假、中退、回國、就職種種失序，我就是沒有對人坦白內心來自五月的衝擊。

甚至我以為這不是衝擊，不想以衝擊形容之。這竟是我療傷抹藥的方式。我懷疑，如果五月之死沒有在後來成為一個外在話題，我是否眞得就以絕口不提的方式，在一點變化也沒有的日常生活中，僞裝，平靜，等待，度過這場內心的風暴。

翻看那些年的日記，發現其中關於五月的記錄非常少，我幾乎是沒心肝地想將五月忘記，或至少至少不要騷動地想起。另一方面，又不斷在處理五月的事，她的文章、出書、轉載、改編、翻譯、拍片……我成了一個中介人，做得最多的就是簽合約，在出版社與五月家人之間轉來轉去傳遞訊息，這部分還算簡單，苦惱的是五月她那自傳風格強烈的作品，吾往矣的態勢所抛出來的尖銳議題，她並非怯戰之人，而是如她說的：「就把這世界踢翻過來吧！」那樣苦等大旗迎風展開，孰料風潮捲上之際她已不是衝鋒陷陣的前導，而成了一個紀念之名，她的書，她的死，成了容納各種穿鑿附會的事例，她的家人與情人們在死亡傷口未平復之前是難再承受這些，作爲一名寫作同業，一個掛名爲她簽署文件的人，我被推到了一個對外的位置。

在我與五月的故事裡，同性戀，這個說法，一直是個外加而遲到的詞彙。這個詞彙後來產生的用處是，使我比較正確理解到她早熟的靈魂是在怎樣的苦惱中悶煮而成，貼近想像她的明暗生活，她與情人們（尤其是那煉金術般的代號L）的糾纏分合，甚至後來我們用這個詞來分析過濾彼此的關係，雖然那就是我們扞格分離的開始，啓蒙時代的結束。

在後來，在今天，這個詞的性質及其輕重，已和我們當初所體受的大大不同。在輕鬆的明亮面來說，它甚至成了一個時髦的流行語。五月的書寫，確實爲同性戀前史，爲這個詞語的暗面（勢必還是會一直存在的暗面），留下了血肉見證，這是五月個人的美學與信念完成，也爲她與她的情人們寫下了最後的結局：我祝福您幸福健康。然而，五月的自殺，之於我，其作用力卻不完全相等於同志故事的悲歡。比起一樁情事破裂，愛人離世，一種對象明晰、疼痛確鑿的哀傷，五月之死使我臨到的是一個年青時代的提早終結，眾多信念的挫傷。肉身脆弱，死眞正存在，完全不是開玩笑，不是遊戲，不可重來，不是以後會死，是已、經、死、了，所有年青時代的天眞僥倖之心，一次用盡。我相信，一些在年青時代失去摯友的人，應該會有類似感受：面對一個和自己年紀相仿、靈魂相通之人的急逝，尤其是自殺，那在心口鑿下的力道，不知爲何有一種迷幻感，痛，卻又是輕飄飄的，難以掌握，難以克服，不是隨著時間淡去，而是隨著時間瀰漫開來，捲著我們自身，一次又一次往更深底的祕處裡去，使我們孤獨，老衰，羞愧，失樂園。

因此，有關同性愛戀的傷痕，之於我只是故事裡很小的一塊，甚至在五月離開之前，我們之間已經磨平消解了這個小硬塊，取而代之的是一個大破滅，得花上很多光陰才能重新拼湊安頓。這其間，來自外部之揣測、聯想，即便如何出於善意，之於我始終具有違和感。容我借用西川的話：「很難說在對海子的種種緬懷與談說中沒有臆想和誤會，很難說這裡面沒有一點圍觀的味道。」我選擇不回應，源於對五月的不忍心，在眾人難免與同性戀劃清界限的舊時代，情人一個也不見的悲劇過後，自死成了寫作者偏執的下場，這太無情，就像我僅僅把手從她的手心裡抽出來都足以使她受傷，我若說出一個不字彷彿恩斷情絕。選了與死者的承諾，無視生人的眼光，也因我賭氣不肯屈服對號入座、近似霸凌的閱讀習慣。我有時接近於傻，一切出於情義，然而，吞下這些，未必事圓情滿，其中尤其無奈的是，五月形象籠罩住我，文學上，我失去了自己的角色，成了一個關係人，作品不分青紅皂白地都被作了關於五月的聯想與影射……

二〇〇九年，年青海子默默臥軌而死的二十年後，官方出面給他辦了個熱鬧滾滾的紀念活動，他們修了海子的墓，整了海子故居，找來幾十名海子母校的學生，齊聲背誦〈面朝大海，春暖花開〉——這首詩如今已成了名句，這絕非詩人臥軌之際所能預料，如同五月在生命結束之前，根本連《手記》有多少人讀都還不確定；「面朝大海，春暖花開」如今泛濫到成為房地產廣告的文案，五月的被閱讀也完全是星火燎原的態勢。我很清楚這個被閱讀的五月和我心中的五月，已經是兩種存在，她們沒必要相提並論，沒必要互相補述。

迴避談論五月，我的位置已不可能存在客觀，評價太殘忍，說故事我也不願意。她的故事我何來資格給個說法，她的傷害我如何能要個償還。我們的故事，五月早預言過了：若非贗品，就是斷簡殘篇。一個處處空洞的故事，難逃被誤植百花野草。我的說法也未必等同五月走過的路程。

試著跳過五月，像跳過一座大山，走我自己的餘生路，可是，何等艱難，腦中思路多處坍塌，落石阻斷，此路不通，繞路，遠行，走迷宮，撞進死胡同。那些朗朗上口的知識、典範、技藝，為什麼都只像街上紅男綠女走過，而不能指南我何去何從呢？不想以「衝擊」形容的五月事件，畢竟還是挾帶一股大力，沖垮了我的感受邊界，碎落滿地驚駭黑影，日常生活我尚不知如何收拾，遑論以寫作來披沙瀝金。

除了五月，這個人，之外，還有什麼阻斷了去路呢？

具體說，是死亡吧。坐在ＤＣ對面那張椅子的時光，ＤＣ和我都很快察覺，問題出在死亡。包裹著五月的死亡。但我不想談五月，也就沒辦法談死亡。

死亡繼續在那些年發生著，彷彿餘波似的，我繼續接觸死亡，認識死亡，尤其是在同輩人的臨終看顧，送別過程裡，一次一次摹想死亡，以及當年那個沒有實際目睹的五月喪禮。

我得反應，試著反應。

但一切仍止於表面。寫作上反映出來的只是隻字片語，零碎雜感，沒法拉高看到一個全景，沒法看到自己在哪個位置被卡住，沒法梳理事物的糾結。沒法寫作。

寫作與閱讀，兩個餵養自我的基本，武功盡廢。我進入斷食的日子，靈魂飢餓難耐。虛弱。幻覺。偏見。自我與世界的輪廓日漸歪斜。生命的船筏駛進了無法航行的水域。

顧城在一九九三年於激流島傷了妻子謝燁然後自殺的事件，是很多人都知道的。死之前後，說法很多，甚至有截然不同的說法，大致可通的是《英兒》這本書是導火線，書中林城死了，但現實中顧城是沒要死的，他跟謝燁打算把這書寫過了，繼續生活；倘若眞正要說有誰因爲《英兒》折磨難以解脫，應該不是顧城，而是謝燁吧。

顧城姊姊顧鄉有一本書叫做《我面對的顧城最後十四天》，以讓人難以相信的細節、對話，回述最後時光。她暗示，走到那步境地，兩人之間，顧城是願意離婚的，反倒是謝燁不能放下。（《英兒》牧場一節寫到類似情境：雷說走不下去，林城無法承受而去死——藝術上處理的經常是相對反的解決之道。）謝燁不願背離婚之名，反倒對老是喊死的顧城寄託了幻覺，以為死終會在《英兒》書成之後作出償還，一切隨之解脫；舒婷的嘆息：「一切是不是很圓滿了？」

這實在是個殘酷的視線，卻可能接近實情。（可能，旁人我們只能說可能。）作一個藝術家的伴侶，是既困難又迷人的，炫麗光芒背後有難熬的黑影。顧、謝兩人最後的死亡悲劇實在不能說是計畫性，就算眞有計畫，最後的死也和計畫全不相同。自殺經常由一些拉拉扯扯的情緒構成，不是所有自殺陰影都該浪漫地歸因於藝術，自殺是現實的一種結果，無論其過程滿載多少幻覺，但往往是由於現實的一個閃點，一個該死時機按下的按鈕，成眞了自殺那一刻。把所有死歸諸於藝術，有的時候，我感覺那是一個便宜的美化。

不過，說到底，這本書使我結結實實失眠的，並不是其中長期受著折磨以至於扭曲了的人性與愛情，而是顧鄉描寫之最後幾幕，好一陣子在我腦中咻咻翻鬧——顧城傷了謝燁之後，急轉回家來拿繩子欲自我了斷，姊姊顧鄉沒料到這情況，只能不知輕重地跟著弟弟（顧城說：我現在去死，你別擋我），又心慌意亂跑去查看謝燁（醫生說：She should be right.），醫生一會兒問先救誰（顧鄉說：Please save her urgent.），一會兒又回來簡單明白地宣判：He is gone。

眞難以想像顧鄉要懷著怎樣的情緒來寫這最後一場。（我是在噩夢裡，我是個鬼。）那亂了套的死亡畫面，讀來實在殘忍。（等，急，一秒鐘都是一輩子。）好幾個夜晚，我輾轉反側，直到天明，那種沙漏般時間一分一秒經過，內心狂奔亂跑的感覺，又想起來了。

五月最後發生了甚麼事？爲什麼非如此不可？難以平息的問號，春泥般蠢蠢欲動。我一直深信遺書寫作將導致生而非死，這是我對五月長期理解所下的判斷；我也相信她會對我實踐生之諾言，無關情感，就是承諾：活下去。

在我尚未演變成今日之我之前，我是那種相信承諾的人。不是單方面天眞地信，而是互信，我在五月眼中看得出來，她有勝算要活，不過是消解不了背叛帶來的恨與傷害，如果能帶著書寫跨過這個關卡（就將之投死於遺書之中，在遺書書寫中抵達寬恕吧），她是有本事活的，且要活得比以前都亮眼。

結果，她卻死了，我不否認，我有過憤怒，但這個憤怒沒法指向誰。關於死之前的故事，我無權評論；關於死之成眞本身，我沒法責怪誰。倘若眞正回想，自責的其實是自己。

這麼多年來，若在黎明時刻想起五月，內心仍被一種空洞的恐怖所折磨。假設我相信五月可以不死而她眞死了，假設我把這理解成現實擦槍走火的意外，那麼，我如何釋懷自己在那當下放任她去死的事實發生了。（顧城：我現在去死，你別擋我。）最後的電話仍折磨我，很久之後我才逐漸理出這個頭緒。（顧鄉：弟弟，我聽從了你，可我永遠在地獄裡了。）如果我那時已經認識五月姊姊，我不會遲疑的；就算電話掛斷她隨即傷了自己，如果我有辦法聯絡到人，有沒有可能是另一種情況？如果我一直一直打電話，總會有誰聽見吧？種種如果，火燒在心上，被自責所綑綁，以至於有一回面對他人反問五月這樣把事情丟給我：「你不生氣嗎？」腦際宛若被敲了一槌。憤怒？爲什麼憤怒？她這樣拋下一切要去死？她這樣把自己丟給我卻又使我陷於無能之境？把我捲入了死，卻又不知她是怎麼死的？大白話，是啦，不知她怎麼死深深折磨著我，整個死變成抽象大問，又難以將之塵封，我活著就難逃相關五月之追問。五月之死，什麼是死？她怎麼死？一旦我想往具象追究，難逃觸電般碰到自己的無能，不是我能做什麼，而是我沒做什麼？雖然一直喊著要死，其實她多麼珍惜自己的死，如果有其他辦法，有人可以拉住她，或許，是可以不死的。

兜圈子，還是回到了自責。我淨兜圈子，忘記了什麼該生氣；我老惦記：沒有人伸出援手。

最後的五月，已經不是我認識的五月，恐懼太黑，怨恨太多。我不完全清楚巴黎在那幾天發生了什麼事，只感覺到那些想盡辦法圍堵起來的工事已經潰堤，千里之遙，束手無策，我只願望，拜託，不要有誰在這時輕易點燃一根菸，別按打火機。

我不明白她這樁愛情的始末，但隱約有種預感，拜託，別去，別去火線。

偏偏不是如此。最壞的結局發生了。

回音傳到東京。海嘯過後，原爆廢墟。我不知道，在五月最後時刻，在巴黎的公寓裡，到底發生了什麼事。

可能是我不夠勇敢，夠了，我不想再知道了。

我只想祈求，再一次僥倖的配額，在幾乎複製了整個太宰治《人間失格》的劇碼之後，讓好孩子五月至少也能像故事裡那個小葉，死般睡上三晝夜，然後醒來痛哭：「我要回家。」

這個篇章故意以一種輕佻的語氣開頭，打算簡寫那段不愉快而空白的就診過程，以及離開台北之後的生活。關於五月的敘述卻在中間意外插進來，全是我不想提的：五月的偶像化，五月最後到底發生了什麼事，以至於顧城也是不想提的，但統統都寫了。我不得不承認，略過是不可能的。我總想把文字寫得非關五月，不流露傷逝；在ＤＣ的椅子上，也總固執著要跳過五月，改以抽象的觀念，無人物、無故事的方法，跟ＤＣ談論自己，那如何可能呢?喜愛攝影的朋友告訴我，鏡頭是不會騙人的，被攝者帶著什麼心思，在鏡頭下無所遁形。寫作也是，而且，有時候，它說出來的，比我們嘴裡所能說出來的，多得太多。

千禧年遷居高雄，我是無期待的。領了DC的藥，帶著一種療養的心思而來。M那幾年經常問我一個問題：「你想過成年後要過怎樣的生活嗎?」我總沒認眞回答，以爲這就像小時候別人問你將來志願是什麼，只要隨口搪塞過去就好了。我大約明白，M之所以這樣問，是想藉此比對，在當下以及其後將來這些年，我們將擁有的生活方式與我內心願望，存有怎樣的差異，可是，我眞沒法好好回答，原來成年人不瞭解自己，沒辦法選擇、安適於自己的路，才眞正以隨口搪塞的方式逃避了問題。

高雄生活之於我，是一段疾病與復育的記憶。它高樓林立，粗礪坦率。它市井喧囂，熱天午後卻陷入死寂。我在這裡與父母親善，在這裡結婚，窗明几淨，風光明媚，一切都很對。除了偶而北上與DC會面，我足不出戶，工作上每月快遞送來成箱文件，那是關於世界各地的新書，但通常沒有眞正的內容而只是書封、書摘與書評，我以最快速度消化，揣測，上網到處搜尋資訊，然後翻譯整理成更新的中文資料：建築、藝術、科普、文學、商業、娛樂、醫藥、手工藝，無所不包，無可排斥，我活下來躬逢史前朋友預言的網路時代來臨，明明蝸居斗室，卻能穿山越海，地圖上何其遙遠的點，無所不去，一切看似皆在掌握之中，何其豐盛熱鬧，實則伸出手，張開掌心，什麼也沒有抓住。

台北。東京。高雄。什麼大城市都是一樣的，我只想生活在舉目無親的城市裡，不僅人們不要認識我，就連城市景觀也不要認得我，那些年我想要的就是陌生，一旦打破陌生，我就不知故事從何說起。我漸漸敏感於倖存這類字眼。提早離席的人，凍結在意氣風發的瞬間，就連困境也是充滿傳奇的。留下來的人，幸福健康活著何等艱難。我在情緒迷宮裡反反覆覆打轉，那些年間，南遷北返搬家，每次整理行李，幾個關於五月的紙箱總唯恐弄混而特意收在角落，等到最後自己開車載走，這既不容易說明又遺失不得的行李，大海漂流，沒有方向指南，沒有島嶼可以靠岸。

我掉落在一個大疑問裡，可以理解五月爲什麼要把文稿交給我，關於文字密碼，我們確實能彼此解讀，那解讀不全關係於知識，而更含帶情感與歷史，可我不能確定她除了要我收著這些，之外，還要我怎麼做。

整理出書，這個簡單，其他呢？作爲一個作家，死得太早的五月，留下來的作品不能算多，要說她的心血，財產，恐怕沒法略過那幾大本日記，我揣測，如此規整寫日記的青春五月，想過要出版嗎？以她把日記撕下來，甚至整本日記送給情人的行爲來看，她可能是願意被閱讀的，不過，如果她和我一樣活下來，老熟到三、四十歲的心境，往後還有更淡泊如水的年紀要來，她還會執意出版日記如此私密的體裁嗎？

以我的本性，做這件事實在太難。所謂日記，倘若並非出於作家個人意志，而是經由他人之手，在作家身後，以史料或以作品面世，這類作法總令我心生不忍，不能同意；無論那其中寫的是什麼。我傾向於那些生前遺言毀掉所有手稿的作家：卡夫卡，鍾理和，或者，簡單借用一句大江健三郎的結論：燒掉才是正確的解答。

可我畢竟不是五月，我得回到她的位置上來想。我們是不同的人，有些傾向與態度，根本是南轅北轍，就像往昔我們修整自己以適應對方，我恐怕只能掐著自己的脖子去做五月可能會做的事。

我先是仿照編輯《遺書》的方式，給自己打足了氣，整備了情緒，攤開筆記本，一個字一個字在鍵盤上打出來。瓢水大海，愚公移山，我很快精疲力竭，卻只前進了幾頁。轉到影印行去複印，不好勞駕他人，一頁一頁翻過去，影印機發出刺眼的光與熱，我不由得想起，西川形容過編《海子詩全編》是「一個深入死亡與火焰的過程」。很長的時光裡，我曾經非常恐懼觸摸這些本子，簡直像與死神的微笑面對面。我不得不變換自己來讀日記，有時候像閃地雷那樣跳著看，有時候麻木著看，編輯摘檢，不帶情感，有時心情低落而看，有時回憶紛雜而去翻找了看，總之看了很多很多次，有些段落幾乎可以默背入心……

宛若一個自我療癒的過程，五月日記不斷提到誠實，我常想，誠實有這樣難嗎？不撒謊不就是誠實？我不覺得誠實會比撒謊更爲困難。我沒有對誰說了謊言，也沒有誰可以叫我非說不可，之於世人我非常坦然，然而，爲什麼自己生活得這樣困難？或許，撒謊固然不是誠實，沉默、逃避，恐怕也都稱不上誠實。不管五月的原意是什麼，帶著這些文字走過十年光陰，宛若密語預言，讓人時時去翻查比對，從無法靠近走到逐字閱讀，從碎裂感受走到漸漸看出了故事的輪廓因果：到底發生了什麼事情？怎麼發生的？我必須說，很多事情從很久之前就在漸漸發生著，五月眞的是受困很久很久了……

椅子

それから

二〇〇〇年
六月十四日

張醫師，很冒昧使用寄信的方式。我想，以您的專業大約足以預料，昨日談話使我落入情緒坑洞，回憶使現今生活顯得極不眞實，彷彿兩部各自上映的電影，以至於回程捷運上我必須藉著塗寫才能挽救這種陷溺。我這樣寫：像一個被打敗的人。自己的表現完全出乎意料（就這一點來說，我是不是必須承認，療程的確已經在開始了呢？）即便那是正確難免的，我畢竟難以承受喃喃自語或愈說愈多的姿態，那些經驗說出口總讓我覺得煽情，我知道煽情這個詞很突兀，但這就是我所厭惡的感覺。對一個人談論自己（的過往／故事／坑洞），我感覺很糟。（請容忍我以不規整的方式寫這封信。）

當我最初聽到J描述你的時候，我曾經有所猶豫，這個猶豫很兩面，和我之前對同科醫師的抗拒不同，我感到你是可信任的，但也正因爲這個信任所以我不安。昨日你口中忽然說出C（請允許我使用代號）的名字，我無疑是備受衝擊的，如同初見面你提到了寫作二字；它們比我的預想快太多了。坦白說，我一直不願求助與我不想提起C有關，關於C，後來在所謂文化圈成爲話題是我始料未及的（我總是不夠明白當下自己做了些什麼事），我一點都不喜歡這種公眾的煽情。我想過有無可能求助醫師而不吐露私事？當你說出C的名字的時候，我處在一種抉擇中，是要輕描淡寫加以抵抗，離開，就此不再出現？

抑或全盤交出？

七月十一日

何謂病識感。平靜而無痊癒希望。這樣的病是不會好的。原來那個我是治療喚不回的。基於上述非原我的未來V.S.現今狀況給他人造成的不快V.S.藥物生活的灰白無意志，的確有一股靜默的死之妄想，這妄想是否與藥物有關？坐在DC對面的椅子上，一旦接近／回溯病／記憶的河流，心便躁亂。我得挺住，如水抗拒往下流，挺住不動。DC問我什麼是不動。

七月二十八日

DC提醒我：你好幾次提到抽屜。那是什麼？

總拒絕與DC說下去。自以爲巧妙地走開。我不想動那些抽屜。

八月二日

在報上看鄭義與大江健三郎書信，裡頭有句話是這樣的：「你先要爭取做成一個較好的人，然後也爭取成爲一個較好的作家。」

啊，要爭取做成一個較好的人。

九月四日

我爲它（寫作這件事）和別人（外在）爭吵，吵過之後，在心裡又獨自與它爭吵。

九月十七日

一團東西靠近，另一團東西就退開，如同烏雲一大朵飄過來，吹跑了另一大朵，覆蓋不同的天空，顯露了不同的界域。

DC建議我想辦法摘要過日子，留下點記錄。現在不一定有用，放個三、四年，再拿出來看，可能有所明白。

十月十九日

閱讀：長句子使我頭暈。更棘手的是，倘若靈光一閃，我忽然看懂了那個句子，身體裡哪個部分便像被鞭子狠狠抽了一下，痛苦極了。

十一月三日

打開一本書，從右頁第一行，慢慢移動，直到左頁最後一行；字與字組成了句子，句子與句子又構成了段落；這些堆砌，這些排列，乖整靜謐如綿羊成群依序走過。我想，它們必然有其內容要告訴我，但我往往只在幾秒之間抓住了它，旋即又像棉絮般飄散掉了。

重來一次。把書頁再翻回去，再重頭看一遍。凝視每個字的長相，攀附每個句子的關聯——不懂，還是不懂，沒有反映出任何形象，一點情境也抓不著，沒有興致讀下去，如失神的人在街上走路，什麼景色也沒有入眼。

打開一本空白筆記，寫下第一個字，不是備忘，不是計算，不是抄寫，不是塗鴉，看著自己寫下的字跡顯出醜陋，恨不得立刻撕去紙頁，佯裝什麼也不曾寫過，然而，面對白紙，那整頁的空白又多麼使人呼吸緊張。

夜晚，再一次獨自練習，這是僅有自己知道的窘況，事實上，我已經整整一年無法閱讀，無法寫作了。

十一月八日

分不清事件的大小，分不清必要的強弱。陷入。沉沒。一直往下，或者，胡亂的打水，潑得四處濕答答，掙扎，旁人卻不知道這個人發生了什麼事，也許，只要這個人停下來，就一切止息了。

十二月五日

捨不得毀棄，就毀棄吧。不要再用信仰這個詞了。這個時代，「重」是不會得到理解，也不會自由的方法，「重」，只是一直落下去。

DC上回問：「你的感受力跑哪裡去了？」如果我沒記錯，這是他第二次問，我兩次都答不出來。我不太了解此處「感受力」指的是什麼，是指「情緒」？或是「感覺」？後者令我迷惑。噩夢主的話：感覺、感覺、你就是太多感覺了。

二〇〇一年

二月二十四日

如魚在鐵板上掙扎，用盡力氣翻滾拍打，只想脫離當下的局面與限制……最後一翻，絕望的，然後不再掙扎，一點點細微的動作都不要再有……

這該死的念頭，是因爲停藥嗎？去年夏天，每兩個星期和DC談一小時，那種密集對我當時的心神重組應該起了點作用，整個秋天，我自覺穩定，穩定到能夠面對忽然接踵而來的生活變化，於是便在十二月底自行停了藥……

二月二十五日

念頭來來去去，DC經常說這句話，我放下向來奉以爲圭臬的自我認識而翻看宗教，宗教的中心意義十分不同，我還不確定自己能否降伏其中，把自己交出去。

一定要把自己交出去嗎？我依舊有這樣的疑惑不捨。這是同代人的我執。我總還想著，得把自己映照下來，即便只是這個交付／喪失過程中的自己，讓映照帶來平靜，不致覺得孤單無依，不致只是我與生命的一場默默的交易。

三月七日

優美的空間，窗明几淨，一切都很對，日子無窮無盡。

一切都指向終點，如果我不再尋求開始。

反覆，日子還很長，無窮無盡，陽光很美，美好的玻璃世界。

高雄高樓很多，我恐怕是不習慣南方有這樣多的高樓。高樓擠到盡頭總有些霧的感覺，當然也有可能只是空氣不好。站在陽台上看總覺得這城市陌生，眼見的盡頭翻過去搞不好又是另一個世界。

四月三日

翻了之前的札記，發現一種從碎片到凝固的過程，重複著。

前陣子無疑是碎片滿地了。這陣子時好時壞，有些物質在凝固中。

有時快樂正常得感覺生活可以這樣清簡規律何以不行，有時又絕望沮喪如人生四壁；高低變換使我疲憊，浪頭過了，覺得上一刻的自己簡直不可思議，何以能那樣盲目快樂或固執絕望？停下來！暫停！這些指令有時有效，有時怎樣也跨越不了。停不下來的反覆：鑽深，撞擊，巨浪，爆點，廢墟。

輕快（或所謂好）的時候，想自己該平靜克服這個病的瘋狗浪，讓自己穩定思考，有欲望而努力；不好（重鈍）的時候，便不想再受制於病的幻覺，它是一頭想像的獸，若我不理會它，站起來兀自往前走，是不是它就會自慚形穢地消失？

五月十五日

再度開始服藥。三月情況稍平穩，很難說這是好或不好，去年用藥有半年平靜，平靜是好的，但平靜裡到底帶著自己往哪兒走，就難以斷論。

不能安靜下來寫內心語言，就算安靜也還需要更多的強悍。文字和我之間，劃出一個彼此凝望的距離，親愛的陌生人，如今我們只是知識上的交際，我當它是工具，它當我是汲汲營營的利用者，過往我們曾經那麼親近，如今佯裝一切沒有什麼特別，沒有對方的日子照樣過，那些驚心動魄的傾訴與依存如今不要回頭去找。

我獨處，一點語言都沒有，走來走去，不要停下來思考，（思考這個字此時指什麼？）作零零碎碎的事，昏睡，或者掛在網上，像任何一個資訊焦慮症的人。

衰退，之前寫的，心中的速度，完全停止了。

一個退場的選手，走過田徑場邊，一匹傷了腿的賽馬，在寂靜的馬廄裡。

五月二十五日

談話末了，DC問我們談話是否已經超過一年時間，我說應該是吧。我不很清楚自己在談話中說出了什麼，DC說總是要經過一段不短的時間，才會說出重要的事情來。我說出了重要的事情嗎？如果我說出了「重要」的事情，爲什麼我沒有感覺呢？心理治療似乎總要回溯童年與家庭，我抵抗，缺乏耐心而輕蔑地說：童年有這麼重要嗎？好像只是暴露多年的傷疤，除了暴露之際把衣袖掀開來的動作需要點決心之外，即便伸手去碰觸傷疤也沒有感覺到眞血肉的痛苦。意外地，我的心情並沒有什麼動盪，甚至比不上我曾經因爲DC說我在「兜圈子」而引發的悲傷無望。這眞是奇怪極了。我以爲離說出它們還很久，（我以爲這一切我是不會再去重提了，不重要，我一直想，那不重要，每個人成長裡不多多少少碰過這類經驗嗎？）孰料一張口就毫不留情地跨過去了（我跨過去了嗎？跨過什麼呢？）

所謂「說出來」到底是什麼呢？它眞正有意義？又爲什麼會產生意義呢？寫作上講書寫是救贖，情欲血腥都可能是救贖，我一直不喜歡這些說法，救贖：救出，贖回；生命如此難以還原，爲什麼大家講得這般輕易？

五月二十八日

和ＤＣ的治療想過要結束。「我想停下來，」我如此對他描述：「我沒法子再往前走。」

他不置可否，終了仍和我約定時間。這是他的答案嗎？

那次描述中我說出了一鍋湯的比喻。熬一鍋湯，儘管試著並漸漸理解了每種材料的屬性，材料與火候的關係，該融化的都融化了，就是有著什麼不溶解，探頭端詳似乎怎麼樣都有幾塊石頭在其中；這鍋湯喝起來有點不一樣，我和ＤＣ坐在餐桌上共食，各喝幾口裝作無事，佯裝不知道是什麼緣故造成這種不太對勁的滋味；事實上我知道是那幾塊石頭的緣故。

六月十三日

如果說時好時壞，現在是不是就是比較好的時候？能夠坐在這裡，自問自答，自己現在在什麼狀況？不要慌張，不要逃避，不要混過去；停下來；問自己狀況如何？打算怎麼過下去？讓自己做到還能發問，雖然不一定有解答；就算有解答明天也可能全軍覆沒。比較壞的狀況是不能問自己，一問就慌，一問就卡死。

當文字思緒流暢起來，太多內容像柵欄裡的羊群聚攏著要衝出來，大好大壞的瞬間。無法寫作，即是無力挺住大好大壞那瞬間。沒有那思緒聚攏衝動的瞬間，不足以寫出什麼具有密度、神祕之物，但若挺不住，陣腳一慌，什麼都散亂了，如風吹亂的殘火，觸著了就痛，卻照不出一點光。

十月十九日

阿糧：我好久沒去台北了，之前電腦發生問題，許多存放於硬碟的紀錄，包括DC的電郵都消失了，就這樣遲遲沒有和醫師聯絡，無禮地中斷了，所謂諮商走到一個瓶頸，負面說法是害怕再往前走，正面說法則是內心可能需要一段反芻。

前幾天看了《難以承受的告別》一書，講自殺者親友的心理適應（你看，我可以寫出自殺這兩個字了），長久以來，無論是別人對我帶來的衝擊，自己身心反應的莫名其妙，我都不很清楚到底發生了什麼事，因此在看這本書的過程有許多被外界敲門的感覺，喔，原來可能是這樣的。不過，昨日也在《榮格自傳》裡看到這樣的話：「每個醫生都會碰上他無法期望治癒的病人，他只能爲病人把通向死亡的道路弄得平整。」這，該怎麼說呢。

十一月四日

認同竟是重要有意義的。不得已這樣發現。

下午出門去看牙醫，回來路上買了麵包和咖哩材料，現咖哩正在爐子上燒，其實日子不就是這樣，爲什麼我們心中有怪獸蟄伏呢？

當腦子恢復清醒尚未被激情或絕望占據的時候，我大約還能分辨出自己的狀況：無法安住於當下的生活與角色，一步一疑，怨憎四起，讓自己和周遭的人都不精采不快樂。

內心如此猶疑，一個忘不了創作的人，最重要的是能與自己共處吧，否則如何能夠面對一張空白紙頁召喚自己的內心？

十二月二十八日

很難說藥物與寫作到底有無關係，但從結果來看，過去一年半，我確實沒有能力啓動自己的內心，也沒法將注意力集中於可述說的事點之上，甚或我根本就察覺不到那些點。

ＤＣ說過另一個畫畫的病人在服藥狀態下也完全無法創作；把自己類比成這樣的例子雖然會輕鬆一點，但我疑心這其中存有推諉之詞。

二〇〇二年

一月二日

過去一年顯得非常之久，改變，莫大的衝擊與適應，蜥蜴斷尾般的痛苦，大約是這麼一場事。

傷不傷神其次，尾巴現在似乎斷得乾淨了。

好像已經離開台北來到高雄非常久了，事實上不過一年左右。

二月二十一日

整理東西的時候，幾張相片掉出來，其中一張還好好地裝在相框裡，想來是當初搬離台北時，一起收進手提袋裡的。

那是五月在東京拍的幾張相片。就算實際目睹，我的時間感還是很混亂。竟有那麼多年？我經常恍若昨日要不就是仍無實感。五月記憶到底什麼時候開始在心內釀成傷害，直到此刻我仍不能看得清楚，不過，整個尖銳起來使我警覺到不能繼續浸漬下去，大約只是這一年的事吧。

七年，怎麼說都是一種停滯的感覺。生命轉了一個彎，走上一個自身無法辨識、無法描述的方向。這方向，不管通向哪裡，無論如何，總是與我們所曾經熱誠、懇切放在心上的願景或說辭十分不相同了。

三月十六日

ＤＣ以那種對絕症病人說話的口吻，對我說：「嗯，我看，你還是去找個必須出門的工作吧。」

這話衝擊力很大，大得出乎意料。ＤＣ的重要性什麼時候升高成世界最後一個人了？他給出這樣的勸告，使我意識到窮途末路，感覺／想像加溫得很快，像車子加速，一下子爆衝到頂——

四月一日

張醫師，這個星期內，我記住了兩個句子。一個是：「憂鬱之本質在於人遇到了自己。」另一個是電影*Girl Interrupted*的對白：「瘋狂是某一種內在被擴大了。」

「自我」，或者是，你說的「自我」，是什麼呢？

「人格」是什麼？類似這個句子：「人格特質是一個人在與環境互動過程當中，對環境所表現出之持久穩定的想法與行爲。」我看不懂，看不懂它指的是什麼；爲什麼我看不懂呢？

電視劇裡說：「努力地生活」，這句話是什麼意思？它確實存有一種眞實簡單的道理（常識）？抑或只不過是一句普通的話？當這句普通的話被普通地說出來的時候，難道多數人便能瞭解、便有共感了嗎？你問過我能夠生活嗎？我的問題是：生活是什麼？（請相信我，這問句並非出於驕傲，是我確實感到迷惑。）當我們說，生活中感到不快樂，感受的重點是在生活？還是在不快樂？我下午去看醫生，晚上陪家人去逛百貨公司，嘴上陪話，心裡哀愁，然後此刻偷空爬到電腦前打這些敘述，這全是生活？還是這其中哪些部分是生活？

有一回你指出我一直在兜圈子。這句話使我挫折，哭得很傷心（現在我使用哭這個字眼，沒有太複雜的意思）。上一次你叫我去找工作：任何一個可以出門，不待在書房裡的工作。離開那張椅子之後，我哭得更傷心了，爲什麼因爲你說出此話而有一種被宣判的感覺呢？

四月四日

失望？是我不夠失望嗎？才有這麼多的猶豫，反覆，拿不定主意。

柳美里《口紅》裡的對白：「沒有自信？我看你是太有自信了吧。如果眞的沒有自信，不是應該就會去相信那個相信你可以做到的人所說的話嗎？」

這兩天又發作了，發作是什麼意思？我不喜歡這個詞，也覺得這個詞不是我想要說的意思；但要鑽尖去找到所要的準確，描述所發生的事，那得生出何等力氣抵擋漫空砸下的落石，整顆腦袋又暈又重，這就是想像的重量嗎？停止，我只能停止，頭暈目眩能抵達何處？現在該作的是想辦法撥開暗簾走出來，不要追究字詞，不要讓想像帶著走，不要走到那個四周景物都轉成魔的世界——停止，停止——我用文字阻止想像，用文字沖淨想像——這樣說會矛盾嗎？文字本是隨著想像擴充，本該隨著想像漂流，寫作者追趕想像，追得愈急，寫得愈多，而現在我卻反其道而行？

五月十八日

等到如今能夠回頭去看，才看出來在服用藥物那一段期間，是如何確確實實地無法寫作。藥物與寫作的關係不能以我個人例子去論斷，但服藥期間我的確抗拒寫作這個實態，儘管念頭裡還眷戀著寫這件事情，事實上，坐在電腦前，面對一頁空白的紙，我就像失能的人。

五月十九日

張醫師，這陣子我記起一些事。這裡所說的記起，大致類似這般景象：找到一個很久沒看過的相本，打開來，看到以前自己的長相，一些事件的場景，以及當時身邊人物的樣子。

其中包含一些少年時代的記事。之前說忘記，事實上多多少少有點模糊印象，為了回憶的方便，我們以為事情「大概」是那個樣子。可是，此刻我說「記起」，瞬間，事件與場景浮出來，大不相同於以前所排列的樣序，使人驚訝納悶，且那些過往景物正以冰冷嚴肅的樣貌，視萬物為芻狗的口氣對你宣佈：「不，你記錯了。」

這是眞相還是幻覺？這種時候，我往往覺得腦子很清醒，但這種清醒所召喚而來的記憶／整理／結論，之於我，顯得很陌生，它們是可信的嗎？當這些記憶現身之際，它們如此清晰，有冷靜的排他性。我並非親眼見到幻覺，但這些新浮出來的記憶是眞相嗎？記憶和當下現實如此不同，如此沒有聯繫，如果那些記憶確實那樣存在過，那麼，它們是被一種什麼樣的方式運作成為今天的現實？除了一味強迫扭轉，我眞看不出其他的可能。相對於現實，相對於我應該學著去理解並與之融洽相處的現實，這些如融冰浮昇上來的記憶是眞相還是幻覺？

五月三十日

什麼叫做畫地自限？這不是太好聽的話，有嘲笑人也有自嘲的。漸漸我感覺到有些界限確實難以舉步跨越，雖然只是一步，但這一步跨不過去，往往就永遠是個局外人。

界限雖說是自己畫的，但或許就因爲是自己畫的，所以更難跨過。

六月二日

和DC碰面的那個下午，我想我看起來應該還不錯，天氣晴，有陽光。

DC所坐的那張椅子，後方有一扇窗，從那兒金黃色的陽光曬進來，細塵翻飛，讓人想睏，然而，醫院內外人群的焦急與徬徨就在我們四周徘徊。我總不由自主地看著那陽光，有一次，他問了我關於「蒸發」這個日語漢詞的意思（那幾乎是兩年前的事了），又有一次他問了我東京生活，我望著那陽光想了很久不知道從哪兒開始回答，以至於後來每逢這樣的天氣，看到那扇窗戶與陽光，我便聯想起東京印象。

有幾次，DC也許注意到我一直看著陽光，或是他自己也被陽光打擾了，他站起來把窗簾放下，房內那些不安的氣氛便因而沉澱下來；那樣的片刻，我靜想：到底因爲什麼我來到這個地方？這張椅子，之前有多少人曾經坐下來？我們在進行著什麼儀式？我們要往哪裡去？

那天，我以明朗口氣主動談了母親節的不愉快，接而比較詳細說了童年某段記憶。整個說話過程，我隱隱約約覺得我得走上那個點，遲疑了幾次，繞過，接近，再繞過，直到有人在治療室外敲門。

我驚覺時間已到，ＤＣ轉頭看看時鐘，安撫我：「還好，這鐘走快了，再說，她也早到了。」那時刻，我的感覺是：如果今天我沒說出口，下次應該不會再有機會讓我覺得應該說出口，再者，如果我想要在一種不凝重也不悲傷的景況下，輕描淡寫提到那些事，不就是現在嗎？然後，我便提到該提的那個點，那些記憶。

我說得很簡短，時鐘的指針，門外等候的人，恰恰督促我說得簡短。有種怪異感覺，如同把一隻巨大動物壓擠進一個小盒子裡，我匆匆講完，過於殘酷醜陋的字眼還說不出口。夏日黃昏，天外光線還很亮。

ＤＣ簡短地說：「嗯，有些東西，就是要經過一點時間。」

我記不清楚除此之外他還說了什麼，只記得要推門出去之前，我在門後擦了擦眼角，有點濕潤，但似乎又不是眼淚。它和之前我和ＤＣ談到悲傷而忍不住流淚的感覺完全不同，我似乎並不感到悲傷，眼角那抹濕意，像一種「身外之物」，我不知道那是什麼。

六月九日

繼續噩夢。繼續的意思是，它已經持續了幾天，一個星期。與DC談過話，當下並沒有什麼實感侵襲我，大約一個星期後，開始作夢，與其說噩夢，毋寧是一些怪夢，夢裡景象殘酷怪異，若非遙遠歷史事件，就是虐殺現場，跟（曾經經歷過的）現實生活並無關聯。夢中氣氛冷靜，即便有驚恐，那驚恐也似乎是冰凍／隔離的。

這是所謂自傳性的夢嗎？一般治療室的談話週期是兩週。過去一兩年經驗，我多少體會到某些無法描述清楚的情緒，的確在第二週最爲現形。這週同時受著各種疼痛侵擾，來襲方式與密度，簡直回到掛診初期。去年秋天停藥，今年漸能重拾文字，無奈的是春天以後，疼痛捲土重來。這讓人喪氣。

藉由藥物與外力，梳理生命眉目，事情或許變得簡單一些，但簡單卻更內在難解，因爲，這就只是我一個人的事。生命故事固然有很多角色，但現在只剩我一人獨自面對，角色們若非不在，就是誰也不願重提往事，遺忘、健忘、毫無知覺大有人在，我所見山之陰天之低，就只是我一人的地域／地獄。散戲多時的舞台，大家早就走了，我自己不能收拾好，不能輕鬆活潑走向另一碼劇，就只是我自己一個人的事。

六月十三日

恍惚。回神過來不能理解如何走到這裡，那個對生命能夠感到歡笑、氣惱，同時等待故事開始的人呢？變成了什麼？是走遠了還是用盡了？眼前是誰？是我自己？我自己這三個字到底是什麼意思？

我不喜歡驚嘆號，也不喜歡問號，但現在，看看，我使用了多少問號。

眼前生活安定，具體，爲什麼仍有一種召喚，想回到那個迷失的起點；並非奢想重來一次，而是想回到那裡，心平氣和對誰（如果有神，如果有命運）請求，讓我們停在這裡；或者，讓我們回去起點，不要開始，不要往前走。

明明死亡這樣無情，耽溺激情／悲劇的人終會在死亡現場被震慄逃跑，爲什麼在直觸心底的感受之中，死亡又伸出溫暖而包容的手呢？這是媚惑吧？森林裡的妖魔之歌……

生命往前走，不要往回看。往前走，前面會有什麼？DC建議我去找工作的那天，我問他，我要去找什麼工作？DC聳聳肩膀，沒有回答我。

六月十六日

接受不寫的決定，一部分事實是我寫不出來：我依舊不願意寫自己的事。至於其他題目，總隔著一個遙遠的距離，激不起情熱足以完成。寫作中途，我總疑心這樣敘述這些感受是否值得描述，或僅僅只是老調重彈。除了寫札記，我找不到關乎自己而可以繼續寫下去的方式。

六月二十五日

二十一日我們談到藥物與寫作（考量捲土重來的身心困擾，ＤＣ希望我再繼續服用藥物，但我仍有所抗拒），提到這陣子的書寫可能就是身心不適的隱因。

「你都在寫些什麼？」ＤＣ這樣問。這是個好問題，但我沒有給出清楚的回答。爲什麼不清楚呢？一是我不明白ＤＣ意指什麼（我通常不懂此類問題），他想要知道什麼？二是我不知道哪一種「寫」是可交代的。是寫著哪一部預計完成的作品，像畫布上有個預想描繪的圖樣，或是如我此刻這般以文字爲私語，足以對外稱之爲書寫嗎？

我把在去程火車上所讀《盲眼刺客》中的一句話轉述給ＤＣ：「現在這個我是當時那個她的結果。」

他很迅速地點了頭，我想他完全知道這句話的意思；過去、現在，坐在這張椅子上的許多人，或許都說過了類似的話。

七月一日

Dear J，高雄生活壓抑一事無成感覺太糟，前陣子恰有人找我談工作，就在我以為這事可行，只差把自己推出去的時候，這兩天爸爸身上切出了癌細胞，目前靜待進一步檢查。這個消息令我很沮喪，一是爸爸對我而言極為重要，二是我正為媽媽的健康情況漸趨穩定而偷偷喘一口氣的時候，無預警再次收到消息，慌了手腳之外，未免湧上疲憊挫折之感。

生命中的事情，它們到底是怎麼發生的呢？是無秩序地各自發生，還是真有什麼模式與意義呢？是我們自己主觀解釋讓事情看起來變成那個樣子，還是因為我們老這樣想所以事情就總是這樣發生呢？

無論如何，此類事件把我踢回深谷，往上看，還有那麼一段遠路才能爬得出去……

這封信顯然寫得負面極了，我必須承認經過DC的「教導」，漸漸懂得找人傾訴，當我們困於情緒的低谷，他那溫和而沉穩的態度確實是能讓人感到歇息的……

十月三十一日

之前札記寫了許多父親生病的事項，接二連三的轉折，糾葛，以及適應不過來的情緒。在事情稍稍平靜的這幾週，可能是一種逃避，不願打開同一份筆記，繼續寫下去。

回想這段經歷不免還是會招來混亂痛苦，又不能若無其事擁抱生活；我想我只是在停止自己的感覺。我漸漸已經不能夠在情緒激烈赤裸的時候使用文字了，原因之一固然是我開始懂得檢討情緒，分得出深刻與耽溺的差別，所以，有些時候，寫未必有用，甚至更糟，把自己寫成一幅榨盡的酒粕模樣，要如何面對現實撐持下去呢？人人都那麼暴躁。另一類原因是，那種狀況下，我的腦筋若非早已全面空洞也是一片混亂了。我必須等待，不管這等待的結果是慢慢理出了頭緒，能夠簡潔有義地加以述說，抑或我只是被時間無意義地解決掉，丟三落四、避重就輕地，忘了。無論是哪一方，我都得等，只能等。

十一月十日

過幾天將與ＤＣ會面。過去這幾個月，發生了許多重大的事情，從ＤＣ那張椅子離開之後，經歷了許多事件，導致我對與ＤＣ碰面感到焦慮。

我到底在想什麼？應該想嗎？想導致焦慮難安？或者，因爲焦慮又來造亂，所以不能平靜穩定地思想？

十一月十九日

與ＤＣ碰面的時候，我笑了，故作輕鬆問他：「我看起來還好吧？」

似乎有那麼一點詫異於我沒頭沒腦的開場白，DC回了個微笑，還是一樣沒說什麼，等待我自己去解釋這個問句，爲什麼要問這個問題。

前一天，和多年不見的朋友S碰面，我們談到職業選擇。她對寫作的想像畢竟是浪漫而不切實際的，同時，她認爲我應該去兼課教書。我輕描淡寫轉開：我不喜歡對著一堆人說話。已經變得無比理性且實事求是的S進一步推演：如果衡量過後認爲這是一個比較好的決定，那麼就應該去克服周邊的技術問題。我微笑接受建議，沒有再解釋下去。

或是因爲上述事項，我對DC問出了我是否看起來還好，是否應該走出去就職等說法。我說了一些話，一邊說一邊意識到自己推諉的其實不是職業本身，而是其他。我胡亂來回說著，（不就是DC講過的兜圈子嗎？）就是說不出口那些難言心事，直到他聽懂又像沒聽懂似地，問了一個簡單的句子：「如果要你去教書，你會覺得很勉強嗎？」

「勉強」這個字忽然使我極端難受，我動情脫口而出：「我能跟你說勉強嗎？這不就是我現在無法判別的問題嗎？我能相信自己嗎？」這之後眼淚就忽然湧出來，我們忽然就到了一個轉彎點，忽然清楚探見了一些祕密的傷口，忽然就將一些分散的情緒弱點聯繫起來了。

十二月二日

ＤＣ在自己的知識幻界裡治療許多比他更處在幻界的人，但他知道現實，或者他知道有必要知道的。他經常說：「你知道，這就是我們所處的這個社會不夠文明的地方。」這種話，別人說起來，可能會有點傲慢的態度，但ＤＣ看起來只是無奈地說了這樣一句話而已。

近來幾次，我注意到ＤＣ看起來輕鬆多了。我本以爲是時間久了漸漸熟識，但會不會是因爲我自己好多了，所以相對看ＤＣ，也就覺得他愉快多了？

十二月十日

上個月我對ＤＣ說：「你這樣忙，我是不是不須再來了？」之前我也提過一次，那是在關係毫無進展之前。這是我第二次主動問及是不是到了應結束的時候。使我意外的是，這一次，他回答得很快，甚至是打斷了我吞吞吐吐的句子：「嗯，我看你還是每個月出門一趟比較好，比較……」他笑一笑，像是故意要說得讓我發笑：「有益身心。」

二〇〇三年

一月十一日

彷彿有一個「自我」在浮出來，讓自己劃一點界限，過得好一點，隨性放縱一點。在物質上，在關係上，在心靈上，倘若能夠管理自己，自我感覺很乾淨，自我形象夠清楚，便能夠清楚而明白地說出口：我很好，謝謝你們的關心；我很好，不管這是不是你們希望的方式，但我很好，請你們相信。

好像作了一個很長很長的夢，有正在醒來的感覺，但還沒有完全睜開眼睛，還不知道夢與清醒的景象有多少差別。我告訴自己，不要預設，不要猜想，更不要期待。預設與猜想容易跌進另一個夢。我得練習，醒來會是什麼感覺，醒來會看見什麼，如何繼續保持清醒地活下去，不要因爲無知或挫折再度掉入一個夢中。

一月二十七日

沒有生活，就沒有寫作，這句話可以有很多種詮釋，以很多不同的作家與作品來解釋。現在，我指的是，一種實際經受人生而以身心理解了人的變化，以及人生的各種形式之後，一種漸漸能夠抽離自身，但又貼身清楚知道那內頭所混雜的是非、無奈、動人之處；心之不忍，因而想寫，爲了安魂，爲了澄清；之於我，這的確是沒有生活，就沒有寫作。

四月一日

多事之春，紊亂的時代。戰爭，SARS。不明之敵，殺手，天譴。美伊戰爭已經走入情緒對立，戰事初期還努力保有的一點樂觀，一些人性，接下來恐怕都將消耗掉，戰爭終不可避免要露出殘酷、無情的面貌，更多無辜的生命將因之犧牲。

再如何盡力在這樣的氣氛中若無其事過下去，往樂觀處設想，今晚畢竟還是被一個突來的消息重擊而倒。晚上九點多，我正在書房和J講電話，M走過來，臉上表情顯得十分怪異，怪異到我必須把電話停下來，問他發生了什麼事。

他說到張國榮的名字，我一下子還不能會意過來這名字和他凝重的表情有何關係。接著他說到自殺兩字。我習慣、防禦性地抱著僥倖想，好吧，又鬧自殺了。結果呢？「死了。」啊？死了。就這樣死了？

整個消息來得太突然，事情毫無餘地就成了死亡的結局。什麼都不要再說，說什麼都沒有用，死亡發生，一秒之前、之後世界就是不同了；這些感覺震動了我。我當然敏感到是什麼東西被震動了，但在方才的幾個小時之內，在猶豫許久才打開這日記檔案之前，並不怎麼多想這件事，如局外人般地把頭轉開了。

直到剛才我在電視裡具體看到了畫面，運載著張的遺體的黃色車廂，事件過去了幾個小時，我想很多人和我一樣，在慢慢接受這件事，接而，他們或許會有諸多疑問浮出來，但我卻沒有一絲疑問。再多的說法，再多的揣測，寫得再多的遺書，自殺仍然只是那一瞬間的事——現在的我很快跳到結論：自殺是一瞬間的事，所有的自殺都是相同的。

我必須承認，張國榮的自死，觸動了當年面對五月死亡的記憶，這觸動很真實，七、八年來，似乎不曾感到如此失神，又如此理解，死亡前可能是什麼事，死亡是何種光景。我很冷靜，心底泛起一股孤獨哀傷，懷疑自己是否足以承受這哀傷而隱隱地想要逃開。張的形象某一程度讓我聯想五月，他們的苦惱或許也有那麼一絲相同之處。我想像五月若還活著看到這樣的消息，大約會痛哭失聲，影視娛樂人物，作爲一個時代標記，跟著張國榮一起喪失的東西有太多太多了。

到了這樣的一個景況：漸漸覺得身邊人事在凋零，有往前的，但也總有陣亡敗退的。有人不走了，他們曾是這隊伍中與自己志同道合，同甘共苦的同伴，他們選擇不再前進，不再忍受，他們脫落，自死，徹底與我們這尋找水源的沙漠隊伍脫離，我們如何捨不得，卻還是必須丟下他，抹抹眼淚，孤獨地往前走。

四月二日

阿糧，好像這麼多年已經養成習慣了，有話想跟你說還是透過email而不擅長撥手機，謝謝你三不五時撥電話來聊聊天，我想若非還有這些實際的對話，我對你身在台灣這件事一定更沒有實感。

這兩天張國榮跳樓的事情使我情緒有所震動，使我又從現實生活的軌道逸脫出去。該怎麼說呢？我很難過，或許因為張國榮是那種我看了會感覺到痛苦的人，也或許是這突然的／不留餘地的／自死行為，撞擊了我心裡某些連自己也不清楚其面貌的傷痕。

這幾年人事凋零變化，讓人感覺燈一盞一盞熄滅了，抑或生命本就如此，隊伍終究會漸次走到有人退出／有人陣亡／有人被俘虜的境地，然而隊伍是不會停下來的，我們被迫與這些曾經同甘共苦的同伴告別，繼續，繼續，往前跋涉。

請你與我一同堅持下去，雖然這話聽起來很怪，雖然我們的人生交集其實很少，但在生命的隊伍裡，你實在是可親的同伴。

前幾天去看《時時刻刻》的電影版，奇怪從頭到尾我並沒有太多感動，可能是因為這些演出與我在書中所感受到的有所差距，不小的差距，因而就只是一部戲而已。令我動容處僅在那個備受折磨的愛滋病患查理坐在窗台上，冷靜地／友愛地／說完了話：「我想不出還有誰能比我們倆更快樂。」然後，輕飄飄地從窗台上墜了下去……

為什麼這類場景就是不能停止發生呢？

寫到這裡，我忽然知道張國榮的死為何使我難過了。

這封信本來該是一封彼此安慰的信，但恐怕我把它寫糟了。

四月二十日

裝修細節耗盡心力。除了審美與經濟的裁量，聯絡廠商，監工，買物，比價，全是赤裸裸要去與現實比腕力的事情，現階段的我明顯無法輕鬆處理，過度在意且焦慮，僅僅是一塊選壞的瓷磚，就可以把我打入情緒深淵。

疲憊與諸事不順的沮喪感和回憶互相滲透，讓人掉進深淵，儘管眼前當下已過了熾熱時分，儘管身邊景物漸漸停緩下來，甚至露出了美麗和諧的表面，但有時候，心靈與軀體就是無可挽救地墜落而下，這種時刻人也許與所謂自我非常接近，但也是最危險的時候了。

在那種時刻，看看自己長什麼樣子，看看自己心裡其實有什麼，沒有什麼？看看那些聯繫在身上，以為已經很繁複、夠牢靠的各種關係，各種聯絡與責任，到底有沒有像維他命、營養劑那樣具體強化我們的生命？為什麼總是有那樣一個揮之不去，然而也看不清楚面貌的朋友、故象、謎樣之聲，始終徘徊在我身邊呢？它又來到我的身邊，是要告訴我，我並不孤獨，它永遠與我存在，甚至它就是我嗎？抑或它只是一些等候機會襲擊我的東西，是身外物，是物質而偽以抽象，混合著那些藝術的理解，誘惑我，使我混亂，無法分辨，所以我應該努力將這個總要襲擊我的物種、菌體（無論透過醫藥與思想調整），從我身邊驅趕、放逐出去？

在分辨這些情緒的當下，有時能撐持著寫下去，但更多時候只是鑿一個小小風口，得以舒一口氣，安定下來，然後收筆，不再寫下去。

理不清楚的沮喪與絕望，它們或會暫時離開，但不久就又會再度造訪，我知道了它的節奏，心靈知道了如何逃躲悲哀，這是否慢慢使人生出惰性，習慣惰性，甚至就以惰性生活著。

寫下去？還是停止？兩者擇一。寫，難以抉擇的行爲，我知道，在絕望的折磨中，我總會寫出一些文字來，然而，在這種寫中，絕望的折磨又是何等無助；我畢竟恐懼，我已經開始知道要恐懼，要讓這些折磨侵蝕到什麼地步，我必須要警醒，界限在哪裡？那是一些我已經漸漸明白而還不能對他人說明的界限。

五月九日

與ＤＣ的約原在下週五，上次談話鑿出了一個小小缺口，有些東西會在後續時間湧上我的心頭，在腦子裡打滾幾翻，慢慢顯現出它們的形貌來。在這種狀況中，我理解到治療室裡的談話爲什麼是半個月的區隔，不是一個星期，也不該是一個月。

然而，看樣子我下週五是無法見到ＤＣ的，SARS情勢仍然沒有控制住。

那個小小缺口，水往上湧，而後變得渾濁，進而蒸發，然後，那個通往我所不明白，所被強迫遺忘的內心世界的入口，便又不見了。

這幾天，依舊有一波一波浪潮湧來，有幾下我會被打醒，忽然明白了什麼，但那瞬間總是激烈的，若非極度絕望，或極度清醒勇敢，便不足以在那當下把握住，不足以用文字將自己的明白寫下來。

ＤＣ上次要我想想tender和passion這兩個字。關於前者，那天走出醫院的時候，我就微微懂了，最近愈發明白，不過，後者我仍然沒有線索，不知道他提示的方向是往哪裡走。

tender，ＤＣ舉例說，手牽手去散步是一種。我腦中閃過關於凝視或對望。這是前者嗎？或根本已是後者？tender，在青色的回憶裡，它的關係詞有親密、信任、純潔、信仰，這些後來都發生了問題，也可以這麼說，都毀壞了。

我已經很久沒有凝視過一個人，更不曾因之感到情感。以正面的、充滿願望、自我感情地，望著一個人，這件事，（這是tender還是passion？）想起來已經是非常非常久之前的事。至今我仍能清楚知道那樣一種時刻，人是處在一種什麼樣的狀態。關於情感，這是我所知最深密也最簡單的事了。

凝視一個人，渾身都是情感，在那種狀態中，人與人的對話，行為，似乎都是溢滿出來的，甚至行爲並不足以包裹承載那些情感，以至於我們還眷戀地凝視對方，不捨得閉上眼睛，即便是性，在那種狀態中，所能表現，所能握住的，也只是一點點，大海裡的一滴水。

五月二十二日

王安憶擅長寫人寫細節。昨看舊作《我愛比爾》，要說這書重點是愛情或性愛，我都有那麼一絲不以爲然。應該還是關於藝術啓蒙，和《小說家的十三堂課》某一程度竟可對照著看。關於藝術是什麼，王總不會說一個簡短定義，她總是以靠近，用排除法或暗示：應該是這樣，也許應該是那樣。

之於現在的我，讀王安憶，看她把思考的網愈織愈大，一會兒外延、一會兒內縮，忙碌個不停的時候，心裡會替她提著一股緊張：這網怎麼能撐得住？看她文字之間的平靜與混亂，收了又放，放了又收，不斷往裡挖，又還能抽身出來，這種操作文字的野心、節制、均衡，使我感到安慰，使我感到，啊，這是可能的，我是有可能平靜下來的，而文學，平靜下來之後還有那麼多可能——

六月七日

「世紀之初的青年有一種童眞的，盲目的激情。死亡也許是有誘惑力的，能夠遭逢爲之一死的激情是幸運的。然而我們卻是未老先衰。時代是如此的荒涼，沒有値得爲之一死的人，沒有値得爲之一死的激情。只好活著，看著，也許終其一生仍舊只有滿目蕭瑟。」

「也許每一個人的內心都是不可測度的深淵，但是大多數人情願將其掩埋於日常生活的表面。執意地探究眞相恰恰可能把生活毀掉。」

「關於那幾年的記憶是荒涼的，一年又一年地過去，就像一片又一片枯葉從樹上落下，這一年與那一年沒有什麼區別。我再見到她的時候，覺得她沒有什麼變化，沒有進步，也沒有退步。甚至連容貌也沒有變化。」

大陸作家潘婧《抒情年華》中的一些句子。這不是一本寫得很完美的作品，但確定是一部個性強烈的作品。

六月十日

出門又開始變得困難。話愈說愈少。無法對身邊的人形容自己的處境。把路封堵起來。密釀。有活力時相信自己還好，若憂鬱來襲，在這密釀之中畢竟是不行的。一直往下落，探底。什麼指標在這裡都失去輕重。

某些時刻，忽然生出憤怒，這還有救，找到一個洞口喊叫也好。倘若能對從來只感覺到傷害、想要逃避的對象生出憤怒，那就太好了，壓力的磅秤可以忽然減掉好幾公斤。

暴浪又在蠢蠢欲動。情緒開始反映於身體。耳痛。頭昏。這眞可恨。這如何寫下去呢？如果好不容易調適穩定來到了這個階段，足以寫，敲一敲腦中的門，它們引我穿過滿目瘡痍的前廳，「眞是不好意思，還來不及整理呢。」這是誰的聲音？我默默地，心裡鼓起勇氣，往內走去，「就從這裡先開始吧，請先在這兒坐一下。」這是什麼神祕招呼？我探了探內室大概，模糊辨識出一些可見的輪廓，拾起一些碎片，然後在碎片中想起了一些故事。我模仿一個外來的訪客，與那神祕之聲聊著一些摻有傲慢與諷刺的回憶，不過是應酬敘敘舊罷了——我如此想著，如此危險寫起一些浮光片影的少年回憶來——然後開始頭昏，房子輕輕緩緩地搖動：像搖籃似地，果眞就是這樣的形容詞。

要繼續下去嗎？眼前的通道，走著走著就更往裡頭去了。那些空間裡，有著我後來完全想不起來的事件與人物。所謂童年，生命的起源，爲什麼這段記憶都沒有了呢？如同一個禮貌的客人，我在那個接近的內室裡，往後探了幾眼，撈到一些稀薄的影像、事件，然而也總是消退得很快。頭暈得愈來愈頻繁，夜且有夢，隱約知道人生從哪裡開始不快樂，不過，在清醒的邊緣，這些暗示像魔術般地消失了。DC說過一個關鍵詞：自傳性的夢。我似乎慢慢進化到了想要知道一些祕密的階段，手執微弱火把，鼓起勇氣，獨自一個人，往密室黑洞中走去。

六月十一日

慢下來。停下來。無指向的焦慮是沒有用的。無目標的妄動也是沒有用的。

有一些時候，你驚訝世界如許之大，然而有一些時候，你則必須要知道，世界很小。在大之中如何確定那個小，這就是問題了。需要理性與穩定。需要清楚自我。

六月十二日

終於出門去了旅行社，換新護照與申請簽證。我仍不確定自己何時會去東京。之前振作起來的，六月底回駒場拿博士入學說明書的念頭，已被我徹底取消。回不去的。總不對人提起東京事情，別人問起也不願多談，甚至心生反感，這種情緒面對家人朋友尤爲強烈，他們若主動對人介紹我在東京念過書，我便難免憤怒，問我日語或日本事情，我也無法表現得和顏悅色；這一直是他們難以瞭解的。直到去年，我總算把話說出來了：請不要再跟我提東京的事，就當我沒去過東京。這對我來講是個失敗，請別把它當一個漂亮經歷來講，眞是夠了。我想我內心的景觀差不多就是這樣了。

六月十七日

胃像一個老是發餿水的容器，無法往外倒，也無法往下流，就餿在那裡。沒去看醫生。我已厭倦照胃鏡。理性醫療制度的各種檢查，追根究柢，是爲了病歷、說明與結案，但那些理性範圍所無法控管的呢？醫療人員總說：放輕鬆。然後，他們上儀器，讓你把嘴巴張開，堅硬的管子，冰冷的金屬，藍光，嗶聲，震動，檢查師關上門出去，把你留在一個充滿機器與危險感覺的空間裡。

浪一波波打過來。站起來，沉下去。老說不知接下來人生怎麼走，這類話連我自己都感到厭倦。沒有人會相信這句話之中有那麼無邊無際一片海，人如此現實怎麼會抓不著東西浮起來。愈陷愈深。一個人愈陷愈深。想發出喊聲。滿滿的羞恥感。自尊。我不想別人以爲我在說謊。甚至我傾向判斷我是眞的在說謊。這裡不對，那裡沒有反應。身體到處不舒服，眞是煩死了。

六月十八日

頓挫。關於生活秩序建立。DC很久以前問過我，你認爲你會生活嗎？這個「生活」指的是什麼？everyday life？搭車，用餐，上班，運動，購物，交朋友，固定一些輪軸，不會因混亂而無法轉動，也不會在轉動中發生混亂問題，這是怎麼做到的？這是技術問題，還是心靈問題？

寫作未必痛苦，寫作生活則多半痛苦。寫作招致心靈不穩但同時又得穩住，繼續生活，不休止的拉鋸。

七月十二日

德國，斯圖加特。

再過半小時，搭十一點鐘的快車去巴黎。

六個小時的車程上，總該打開巴黎的旅遊書來讀一讀吧。

我想過，總有一天會去巴黎，也想過很多種可能，什麼時候去，什麼樣的狀況下去，就是沒想過一個人去，我不以爲自己已經到了可以去巴黎的心境。誰知由於一些陰錯陽差，與朋友行程的出入，以至於我竟然要一個人在巴黎待上一週。

兩個禮拜前，我待在德國朋友家，散步做菜聊天的普通生活，排了幾個出遊地點，南北德各跑一跑，若非朋友邀約去羅亞爾河，我並不特別想去就在隔壁的法國。

此刻，我已在前往巴黎的車上。相對於他人頻繁問我五月住址，我手邊根本沒有註記五月訊息，此行也沒有把五月當年的發信住址帶在身上。這是一種抗拒嗎？我在抗拒什麼？我還會有其他機會嗎？我不去巴黎，不特意要去，那樣做，對我是太殘酷也太矯情了。去追訪、親眼目睹那些地點對我會有什麼療癒？我心中關於五月的記憶還需要更多的增補嗎？

此刻我心中關於巴黎，除了一般最隨便的印象之外，再無其他。車子跑得很快，越過了邊境，這些南方車站看起來如此美麗，我是一個斑駁而不誠實的人，誠實不可勝受，作態又沒有辦法，因此沒有感覺，原諒我吧。

八月二十日

張醫師，我已經回到台灣了，不知道接下來這個秋天，你是否依然抽出時間與我碰面？我先擅自選了一個日期：九月十九日，下午四點鐘。如果這個時間不行，前後一週亦可。等候回音。

八月二十一日

在慕尼黑的黃色天空下，看Y的書，其中有此一句：是寫作，不是談寫作。

Y問我：你的認同是什麼？

Y總能清楚介紹自己：我在寫作；我是個寫作的人。相對我完全沒有辦法對人說出寫作兩個字。她認爲我應該繼續發表，重點不在曝光或知名度，而是沒有發表這一步驟，

「整件事好像沒有做完。」再者，她認爲我該回復以本名發表文章，這個建議使我想起前陣子一位資深編輯用前輩口吻婉轉提點我：「一定要躲在筆名後頭嗎？」Y的說法則是：「這當然與你的認同問題有關。」

八月二十三日

中午抱著一碗麵，坐在沙發上轉電視，斷斷續續，吃完那碗麵。

這一路經歷過來的，眼前的，愈來愈孤獨了。

上一次，DC笑著說：「你的意思是說，這一兩年你感覺到轉變了？」

我沒說話，我不確定。

「那麼，現在，你對過去有什麼看法？」他又說。

「你問的是整體的過去，還是我個人的過去？」我回應。

「後者。」

我以爲我會遲疑很久。但似乎只是兩三秒鐘，有一個詞從我嘴邊滑出來：「破碎。」

「破碎？」

「破碎。」我再重複一遍：「經驗的，腦袋裡的，都破碎掉了。」

與人說心事，或許感覺稍不孤獨，然而那當下所講述的自己，是眞實的嗎？那是我們所能意識，再經過層層自我判斷／解釋之後，所架起來的一幅骨架：我認爲我應該是這樣子／那樣子的。可是，許多時候，我懷疑自己，懷疑自己搖搖晃晃努力撐起來這套說辭景象中存有種種疏鬆，不堪一擊之處。

自己與自己的心，是不能過於接近的。我得學著以一個友善的、陌生人的眼光，觀看、猜測自己的內心到底是什麼、表現了什麼、隱藏了什麼？

連自我也不足以親密了，這眞是孤獨。我必須時時提醒自己，自我是不可耽溺、寵護的。

「懷疑自我」，使腳下失去立足點。

「自我碎了」，許多時候這就是我的感覺。

我原以爲人本來就該探索自己的內心，很長一段時間我以爲自己是樂於探索自我的人，然這幾年門診／治療室一路走來，體會到一種新的經驗：探索自己的內心，竟是十分孤獨的事。

之於我現在的生命狀態，寫作値得什麼？爲什麼還要試著寫下去？我想了再想，說出來的都是一樣的答案。（這代表答案是可信的嗎？）如今，寫作也是破碎的，但那或許正是當下自我忠實的映照：各個面向零零落落有些情節，有些看法，然而它們還沒被組架起來。

八月二十八日

殘酷記憶，如海浪湧上來，退去之際留下一些線索，一些跡象。

像抓一尾下意識根本不想觸摸、黏溜滑膩的魚，得鼓起勇氣，忍住噁心，觸碰它的尾巴還需要一點力氣，不能因爲軟弱而鬆手，拉起來，一鼓作氣拉起來，才能看清楚整尾魚長什麼樣子。

在日記裡，憑著一點朦光，逼自己把一些殘酷經驗，寫出來，不成文章地寫下來。說不清是人追著記憶跑，還是記憶追著人跑。文字留下對決的痕跡。某些線索被追拉出來，帶出一段時間，一些情節，自己與他人的模樣。

逼著寫很殘酷。痛苦之後，站起來，發現自己還活著。時間還在繼續。日子沒有震動。如果關掉這個檔案，一切可以像什麼也沒發生過。

這就是言說／治療室所要走的路嗎？

九月二十日

陰天。人群來來往往的信義路永康街口，聖瑪莉，等人。

一九八七年，初來台北，聖瑪莉就已經在這裡了，還有當年的高記，大學時代由法學院步行穿越此區回到溫州街，以及後來常去景美的日子。

早晨醒早。雨已停。秋天來了。

無防備地觸感到時間的過去。心靈重量往某一端急速傾斜，險險不可勝受。人生天眞，而後墜落，然後失去了許多。

那天ＤＣ不斷追問我「破碎」意指爲何。

Ｍ以前也經常問：你理想中的人生是怎樣的？我以爲這是個人云亦云的樣本問題。

如今漸漸明白，人生原來我也是有預期的。

一一破碎。道出此情使人難堪，彷彿連最後一絲自尊也得暫時捨下。

到此地步，即便感悟好不容易化暗爲明，心平氣和承認原來如此，但這種時候往往也已經沒有可與之相談這份破碎的友人／同行者，惟孤獨理解而已。

九月結束，我要去工作了，ＤＣ說的一個可以出門的工作。

先生
せんせい

それから

十年之後，我在網路上搜尋S先生的蹤跡，事實上，我幾乎已經無法記起他的全名，但他坐在長沙發裡，不怎麼嚴肅也不親切，不像個師長而彷彿另有所思的人的形象，一直還留著我的腦海裡。

「你確定有必要這樣做嗎？」S先生說：「你認爲研究與創作會相互衝突嗎？」

「對我而言，有一點。」

「很多事情其實是共通的。」

「我知道。我一點都不反對。」我大膽反問：「但這其中總有順序之分，不是嗎？」

「正是如此。」S先生抓到話題的重點，速度變得明快：「我的建議正是，順序上，你可以先成爲一名學者，再去成爲一個創作者。」

「我之所以談到順序；如果有順序——」我顯得語無倫次，彷彿抓到了重點，但又找不到詞彙將之說得簡潔有力。我停住，S先生看著我，等待我的回答。

「若以順序來說，我的想法卻是，先成爲一名創作者，再去成爲一位學者；這正是此刻我的問題。」

S先生沉默了。研究室內的空氣變得有點凝重。我自知說了十分率性的話。恐怕這幾年來，我從來沒有說過這麼率性的話，就連對自己也不曾說得如此明白。

但這些話是正確的嗎？我不知道。S先生嘴角浮上一抹不明的笑意。我猜不準他是贊成還是反對？是嘲笑還是有所鼓勵？這個疑惑，即便十幾年後我依舊沒有解開，也沒有機會向他求證。記憶裡，接下來的時間，我們陷在一片沉默裡。

S先生是個研究魯迅的學者，但我們從來沒有談到過魯迅。可以說，我們很少談什麼，我不過是一個寄放在他名下的學生，一年之後就還回去，沒什麼太大瓜葛。同樣的，如果不是指導教授W先生把我託孤給他，我恐怕也不會注意到同校園裡有這樣一位先生。他走路的腳步不很快，很少出席校園活動，很少領帶西服正式打扮，有時襯衫上甚至是有縐摺的，他不怎麼梳整的頭髮，不怎麼活氣的說話，讓人感覺他甚至不怎麼情願來上課，他並不期待課堂表演，不期待教學給他帶來什麼相長，當然他也不會期待知音。

我們的課，每週一早上十點鐘，來自不同院所的四、五個人，S先生捨棄大教室，乾脆圍著研究室的談話桌上課。一個來自本鄉文學院的學生，兩位研究表象藝術、比較文學的日本人，我，以及一個經常翹課不到的韓國人，全是話少的個性，課堂氣氛不可能活絡，沉吟嘆息，翻紙張的窸窣聲，窗外小鳥啼叫。

S先生的論文和他的同齡學者一樣：嚴格，細節，抓準進度，更甚他埋伏大量的線索，考據引述之後丟出來幾句尖銳的觀點，但在課堂上他全無那樣的性情，細節依舊，更多的是漫步，我們經常望著一頁文字發呆，等待一句夾著嘆息，長長的「そうか」，要不就是帶著領悟或不以爲然的「なるほど」。

秋天的駒場，滿樹滿地都是銀杏，S先生的研究室位於長廊的最末端，不是很常有學生來探訪，甚至他自己也不常來。全然不同於其他院所以研究室爲家，日以繼夜相處的工作團隊，我們學生之間沒有頻繁的聯繫，先生也不知去向。

那天我早到了，從外頭望著微微泛黃的名牌。論文寫作期間，除了上課前後一些例行關照，我幾乎沒有來打擾過他。若非這一次必須跟他報告決定，徵求他在同意書上簽名，我應該是不會站在這裡的吧。

他顯然對我的要求感到意外，作爲一個托養單位，他想必擔心這該如何跟我的指導教授交代，因而，難得愼重和我多聊了幾句。

我自然不可能跟他談到五月的事，在這個國家裡，私事是不宜多說的，我光開口說出創作這個理由就已經無比艱難。

我猜想，他沉默不是因爲他同意我，而是因爲他知道當下不適宜說服我。

很多年後，我記起他，模擬猜想他當時的心情。我對他的善意毫無懷疑。若說正確與安全，他給的建議當然値得，然而，他後來沒再堅持，那片沉默，似乎有不短的時間，我想，不僅我迷惘，恐怕他也迷惘著。

在離開S先生的研究室之後，順序上，我既沒有成爲一名創作者，也沒有成爲一位學者，只是掉進了截然不同的職場生活，和他一樣，心不在焉的模樣。工作上有幾次機會去東京，然而就像再普通不過的商務出差，不觀光，不購物，時間空檔隨便找家咖啡館打發，看商品目錄，看報紙雜誌，就是沒想過重返駒場，從來沒有想要去拜訪S先生。

惟在離職前最後一次出差，最後一天光陰，我動了念頭，像個觀光客搭上久違的井之頭線，一樣暗色的月台，一樣陽春的東大駒場車站。S先生的研究室在九號館，我原本估計自己不會記得那是哪一棟樓，但一踏進校園，那些塵封的記憶便自然甦醒了，彷彿一切不過昨日，腳步自動走向九號館方位，爬上樓梯，沒有變，油漆依舊死白，光線不夠亮，二樓左轉，走廊到底，就是了。

S先生依舊在這個角落，門上名片更黃了。不用敲門，從沒開燈來看，他應該一如多年以前，不在裡面。

我那時的念頭是，啊，先生不知道變得多老了。

我拿什麼面目來見他呢？他恐怕連我這樣一位學生也不記得吧？回台灣後，我曾想過把出版新書寄給他，對自己中途告退表示歉意，並承諾我多少守到了我們討論過的先後順序，可我總是延宕而後便打消了念頭，在他的教學生涯裡，這想必是件小事，更何況一個不是日本人也不是研究中國文學的學生。我再三提戒自己，這些回憶的種下與解釋，都只是我的想像，關於S先生在現實生活，在他人眼中，到底是怎麼樣的一個人，可能全然不同於我的想像。有一些人適合於被想像，容易被編織進其他種種未必與他相關的故事，S先生就是那樣的人。

直到論文口試那天，掛名我指導教授的依舊是S先生。我不記得他那天是否乖乖穿上了西裝，只記得他坐在長椅的最旁邊，顯露了孩子氣的微笑。

原來的指導教授W先生還在外地，回程飛機，我們可能在高空雲層錯身而過。和W先生的緣分淺薄，注定了我的東京行只是蜻蜓點水，再多的文化衝擊，知識提點，都只是我一個人的事。

我以爲我和W先生的交集就到此爲止：狼狽，稀薄，太多的來不及。我第一次走進他研究室的時候，是個日文能力有限的年青人，後來在課堂上我也常因爲緊張而結結巴巴沒法流利說出自己的觀點，那種時候，W先生的眼神總是嚴厲的，雖然更多時候他其實是個怕生、體恤他人立場的人，但在先生這個角色上他無論如何是嚴肅的，那些年，他又忙，忙得沒時間顧全學生，他想大抵是先放出去野牧，時候到了，再圈進柵欄裡來訓練。沒料到，就在他回來的前刻，小獸跑走了。

想來是連基本禮數都放棄了，我沒給W先生寫任何一點關於輟學經緯，就職報告，或僅僅只是問候的隻字片語都沒有。自覺是一個唐突的外來客，打擾了，然後，又沒打招呼地走了。

直到兩年後，書店工作的階段，某日近午，總機撥內線進來，說是有個日本人找我。我估計是個體戶書商，或是對台灣書有興趣的日本人，隨手抽了張名片，挾了筆記本，帶點職業倦怠從地下室的辦公室鑽出來，結果卻看到了W先生。

不像在駒場校園那樣總是西裝筆挺，不苟言笑，眼前的W先生穿著休閒，微笑，點了個頭。

我臉上表情想必是極爲吃驚的，爲自己在職場的狼狽面露羞慚。W先生體恤說他就住在附近飯店，來逛書店，想起我在這裡工作，便試著來找看看。

「突然打擾了，不好意思。」他說了客套話。

更該感到不好意思的是我，毫無音訊回報的門生，W先生會知道我在這裡工作，想必是從同門學長那裡聽說的吧。

我們在辦公室上頭的二樓咖啡坐下來，這是我們第一次在研究室之外的場所談話。這空間彷彿把我們的關係也改變了，但這新的關係是什麼呢？變熟悉了的師生？朋友？都不是，找不到關係使我感覺很緊張，不習慣，話說得斷斷續續，辭不達意，不僅是語言的隔閡，更有一種個性上的內縮與拘謹緊緊規範著我們。
他簡單問我在這裡的工作內容，不幾句之後，我感覺到他緩了緩氣，動了動身子，像一般日本人那樣要說主旨前的預備神態，然後，他果眞說了：「眞是不好意思，你寫論文那年，我出國了，沒有給你幫助，很抱歉。」
那口氣是正式的，使我一下子不知道怎麼辦。
「如果這是使你對學校失望的原因，那眞是很不應該——」
「不，」我搶下W先生的話：「請別這麼說。」
我詫異他提起這件事，但很快又恍然大悟，也許，這幾句話，就是他把我從辦公室叫出來的主要目的。
內心激動，但也只能謹守禮節，輕描淡寫回應：「不，不是這樣子，沒有這回事，請不要說抱歉。」
「那爲什麼不繼續呢?當時沒能跟你好好商量也是很不好意思啊。」
「是我自己沒有找老師商量，而且，不，不是這樣子的。」我又重複了一次，然後轉開話題：「因爲我獎學金用完了，申請新的也沒著落，所以，是經濟上有困難才中斷的。」
「啊——」W先生對這回答似乎鬆了一口氣，隨即又露出苦惱神色：「原來如此，是這樣子啊，那你更應該找我商量，總有什麼辦法可想的。」

我像以前當學生那樣受責罰似地低頭說：「對不起。」

W先生笑了笑，他看起來輕鬆多了：「那就看什麼時候回來吧。」

這話說得輕鬆，我卻吃了一驚，不知如何應答，拒絕太快，答應也沒有把握。

W先生像是已經把此行主題說完，兀自品起咖啡與欣賞外頭街景。這個話題，作爲學生的我，除了表現出高興與感激的態度回答：「好，謝謝先生。」之外，說什麼都是不適當的吧。

二十六歲的秋天，我常在漫長的文字工作之後，帶著疲憊的雙眼與腦袋，出去散步。不遠處的公園裡有仙川自小金井、三鷹蜿蜒而來，很多人沿著河岸散步、跑步，櫻花時節這裡絕美但尚未爲人所知。關於那片綠地，有些景象寫在第一本書的序裡。W先生曾對我說過，他喜愛那篇序裡的河邊散步。我不知道他閱讀我那隱晦的文字，是否也如我閱讀他繁複的文字，對是否完全了解其中語意不十分有把握，但我相信W先生所說的喜愛，因爲那些景物自身，確實帶有一種撫慰人的靜謐，即使透過語言的隔閡，我相信生活在其中的W先生是可能理解那種感受的。

很長一段時間，東京在我的抽屜裡是封鎖而被歸類爲不愉快的。我總不願回答他人關於東京的問題。事實上，在好漫長懵懵懂懂、作爲一個學生的時光裡，如果我曾有什麼時候是腦筋清楚，與自己有所對焦，也不過那一兩年光陰罷了。

曾經我以爲自己討厭日本，以爲那樣對人的禁抑是我不要再忍耐的，那些滿天飛的卡通嬌媚之於我也是了無意義的，但很快我發現習於規範的日本社會看似秩序得要命，毫無個性，不過，那些瑣瑣碎碎的規範，某一角度來說，卻預留了人與人之間的縫隙。縫隙之間，如果眞正空無一物，確實就是冷漠，可實際上，那些縫隙充塡各種心思，比較好的時候，縫隙成爲人與人之間（即使只是一丁點）不互相打擾的私人地帶，安全埋伏著不同的個性。比起外在框架的變革，大多數日本人，包括藝術、文學家們毋寧習慣往內部去協調自己，這使得他們在乎並尊重個人內在的感覺、感情、甚至瞬息生滅的情緒，在圖書館的辭典區裡，光情感用語可以自成一冊，在晚間電視劇裡，莫不以梳理日常生活各種小情緒爲妙點，在文學小說裡，那些外在規範與內部個性的折衝、人與人間的縫隙，常常就是小說家寫之再寫的章節，豐饒細膩有時近乎偏執折磨的心靈。

年少時光，我總擔心自己在他人眼中呈現出孤獨的形象，而隨手抓了隨俗的語言、舉止來掩飾自己，甚至因而踐踏了自己。因此，當我發覺置身一個人與人之間有所距離，不至於被人親切而粗魯地妄下評論、侵犯打擾的時候，感覺平安地喘了一口氣，更好的時候，這文化對細膩情感的養護，使我如魚得水。我緩慢體驗著，也許，我以一種逃亡的姿勢離開五月所說充滿壓抑的地方，到頭來，反倒曲折地將自己投入了一種更複雜的內抑文化裡……

那可能是我作爲一個年青學生唯一顏色清澈的幾年，在我接觸到的小圈子裡（而無法聲稱是整個日本社會的縮影），雖然苦惱，但如此安靜，沒有粗暴的爭辯，即便爭辯也是詩意的。在那其中，W先生和S先生這樣的人，呈現出一種苦惱而維持平衡的形象；不是毫無苦惱，也不至於因爲苦惱而失去了平衡——那是我願成爲、與之親近的人物（雖然這樣的人物彼此之間往往正是不容易相互親近的），他們給了我作爲一個人豐富的可能，W先生甚至成了我的小說人物：抽象的內在思維與外在現實發展的動態平衡，以及，沉默地一直保有著關於良心、理想（這種永遠不應該失去、但講出來卻往往讓人非常羞怯的字詞）之可貴性質的人。

不帶解釋離開東京在我內心藏著負疚，以外在語言來說，它容易被定調爲遺憾，如當年學長爲阻止我而說得斬釘截鐵的詞：你會後悔的；可在深處，我在乎的其實是對S先生與W先生的虛委以對。與S先生那一席話，若非我把寫作想得太輕易，就是對自己的能量太高估了。與W先生的二樓會面，是唯一可告解的機會，但我卻沒有說出口。日後幾次遇見W先生，逐年說起的是，孩子大學畢業了，就職了，再過幾年，結婚，然後，W先生笑著說自己當爺爺了。和W先生的師生關係如今已淡薄到倘若我放下歉疚也只是我一個人的事，輕輕地在這本書留下一個尾註罷了，就像把東京的最後印象寫在第一本書的序裡。我懷念那些河岸的安靜，雖然安靜有時使人感覺孤獨；人來人往，和善而淡漠，東京的確是個充滿隔閡的城市，但現在想起來，我卻非常喜歡那些隔閡。說來我或許曾經有過小小的信心，自己會在那個文化中得到某些療癒，那個文化折射在我當時的心中，有一種類似療養院的特質：安全，靜美，孤獨而冥想。我想，我是可以走過去的，抹除噩夢主的陰影，在那裡長大成人。

五月到東京來的時候，我們的相處除了舊時的不相合之外，也是兩個新文化的相碰撞。她是巴黎的孩子，靈魂大大敞開，追尋意義，沒有什麼現象不能用話語來加以拆解，且所有現象都該被話語拆解，被詮釋，彷彿這是一種心靈的戰術，智性的指標。我則愈來愈內化，對語言諸多懷疑，日本人那種只談天氣，漫不經心閑扯，不著痕跡把要說的話砌進去的方式，我不是不能接受。最早爲日本人織就了小說寫法的夏目漱石，讀西方小說常爲其間的男女情話過分露骨、放肆和直來直去而驚嘆，在他自己的小說裡，主人翁即便想對戀人三千代表白，仍然堅持「用平常的詞彙已綽有餘裕」，日復一日緩慢推進、微幅起落的心境，寫了十來個章節，仍然什麼懸疑或高潮都沒有，忽而主人翁卻一轉而堅定明白：關係已經進展，愛的火焰已經燃燒過了；沒有語言的直指，顯露出來的往往不過臉色的變化：蒼白、紅撲撲、發青、難看極了。

如果我們沒有在那一年重逢，我與五月將會沿著這兩條文化線，各自走向多遠的地方呢？基底的不同加乘倍數演化出更多的不同，我們會更加變成徹頭徹尾不相似的人，在世上不同角落以不同守則過著自己的人生嗎？或是，她終將以那樣的方式結束自己的生命，而我就和其他人一樣，從轉了好幾手的通知或者某一天的報紙，才知道了這樣的消息？

那樣的情況，會有怎樣的不同呢？我能像阿糧那樣平靜地悲傷嗎？我會繼續留在東京？那時候，成城會更加接近一所夢中邊陲的療養院吧？五月故事既已在遙遠的星球燃燒終結，餘生我者合該以更冰涼的溫度在療養院終老，生命之書某一些頁數被撕去，難再前後連貫的故事，但我們依舊會克難地將之讀完。這座隔閡之城不會任意侵犯人，我盡可作個沒有歷史也沒有寫作的人，每天與植物與烏鴉對話，被某扇窗流洩出來的鋼琴練習曲所安慰，用知識與技術把自己鍛鍊成腳跟站穩的人，就把五月身影留在活動中心那場最後相見，一種青春的基本色調，故事寫到那裡，打上句號。

這些都只是玄想了。故事讓人措手不及地拉到重逢這一章。當五月站在東京街頭，她整個人像異星球跑來的小精靈。當我焦急地打電話到航空櫃台去詢問五月下落，接線小姐回想許久，抓出了線索：噢，你是指那位說話帶著濃厚法文腔的人嗎？是的，是的，就是那一位，她的飛機起飛了嗎？

起飛了。就在此刻，剛剛起飛了。春暖花開，兩種文化、兩種性格的我們終究吵了一架。春暖花開，都心卻發生了地下鐵毒氣事件。我記得非常清楚，那天早晨光線如此明麗，春之絕美，信仰的幻覺卻實際犯下了暴力。

五月離開東京之後，地下鐵毒氣事件的快報、評論、雜談，充斥各新聞媒體，作爲眞理奧姆教團主要發言人的上佑史浩，每天出現在鏡頭前，相貌文氣，眼神無畏，和教團其他成員一樣高學歷出身，知識、語言的技藝對他來說並非難事，我經常盯著他的雄辯滔滔，各式關於教團與信徒資料，一層一層剝想，到底是哪裡出了問題？這些人腦袋裡在想什麼？什麼信念讓他們去做這些事情？那個信念有哪裡錯嗎？聽起來沒錯啊？那到底是哪裡錯了？

這些人不也源於對生命有所迷惘？他們不也想追尋內心的安頓？解脫？車廂裡這每天擠得動彈不得、面無表情、早出晚歸、無望而無盡頭的生活，誰不在勉力尋找著解脫的方法呢？這些人和那些人有什麼不同？我腦袋裡有哪些環節鬆動或徹底崩壞了，面向世界的鏡頭劇烈搖晃，我感到無法評斷是非，感到曖昧、感到有理卻也善惡難判。這些人初心以對、全無懷疑所要追求的生活方式，完全另一套量表的價值與意義，幾近不可能的世界模樣，和我所知道的那些人所篤信，所謂小說（Fiction）之營造，是否有幾分類似？同樣出於懷疑與重建，同樣振振有詞的模樣，甚或，同樣對他人（現世）理解感到無望而轉過頭去的沉默……

對地下鐵事件投與共感，想必是令受害者憤恨氣結的事，但那些日子，我確實對自己共感於信徒的說法感到無所適從，內抑、孤獨、靜謐而強大的激情，對我而言的確有其吸引力，然而，這整個事件猛烈敲下的一槌正是，強烈的追尋也可能並生邪魔。我正目睹了一個因心靈之信而遍體鱗傷的人，五月完全讓心靈結束了她自己，地下鐵事件宛若一場寓言，拷問著我的腦子：心之能量可以無上限使用嗎？如果答案是NO，那一直以來我相信的豈非玩笑一場？如果答案不是NO，那麼，到底還有多少注意事項？到底還要鍛鍊到何等堅強？

作爲一個核心幹部，上佑史浩在教團確定涉案之後被逮捕自然是不可避免的事，整個地下鐵事件想來差不多就從上佑被逮捕之後，漸次被一種單調的灰暗色彩所塡埋，事件開始被定論，觀點開始單一化，雖然新聞繼續在播，事件繼續在調查，但初期那種使人心頭浮動、回想起生命初衷的思想縫隙，漸漸就被邪教殺人等說法安全地塡補起來了。

那也差不多就到了我離開東京的時間，時移事往，這事件卻一直像個纏亂的毛線球在我心上擱著。五月喜愛的村上春樹，後來以《地下鐵事件》和《約束的場所》兩本書關注了這個事件，後者尤其使我想起當年心情，那曾經允諾於我的——這是書名的原意——到底是什麼？可信嗎？它終會來嗎？我初心不改嗎？村上可貴地連綴了宗教與藝術的執迷，也（不得不極度）保持清醒地釐出了一些界限。寫這本書的時候（多麼巧合地）在ＮＨＫ看到地下鐵事件審判終結的新聞，長達十六年的司法審訊共判了十三名死刑犯，至於上佑史浩，這個年青辨士，早在新世紀奧姆眞理教重新命名另起爐灶的時候，一躍成了新的教主。

五月的故事在那一年終結，那同時也是日本因爲阪神大地震而嚴重震盪失序的一年。某個角度來說，那是日本戰後一個斷裂點，一個長期維持的心理安全機制於瞬間燒斷了幾條保險絲，之於我，一所擬象的療養院爆炸了，熊熊烈火，心靈迷路的人跑了出來，做了傷害人的事。儘管那些謎團多少挾帶我們共有之迷惑與求索，但傷害千眞萬確，沒法再以心靈爲遁詞，世人也忽然把亮光全打到了狂人的臉上。那些議論，夸夸斯言，非常道德，非常人道，我沒法反駁，但就是覺得哪裡不對勁，可另一個彼方的相貌也使我心生恐怖。那樣的一年，亂碼的一年，我得關掉檔案，宛如埋葬自己的年青時代於此地，按下磁碟重組，重新開機。

十年前後

それから

這是五月。她站在影印機前，一頁一頁翻著五月的筆記本。五月姊姊剛才打過電話來說，在路上了。

如果不是因爲這個約，她此刻應該還在醫院陪伴父親，默默翻著報紙，不知道該說什麼。父親的話愈來愈少了。窗外天陰，梅雨季節。父親神情不斷浮現，每出現一次，她就安撫自己別再去想。她得回神，處理五月的事情。

她想在五月姊姊到達之前，把筆記本印完。這些鉛筆書寫的字跡，也許再過幾年就要消逝。幾次夢中打開筆記本，一片刷白，使她錯愕驚醒，無法判清到底發生過什麼。五月活著？抑或已被取消了？那些筆記本在哪裡？她渾身冷汗，慢慢拼湊意識，冷靜下來，自己跟自己說：答案很清楚，一切就是那樣發生過了，筆記本跟著她流轉各地，一年一年過去，她愈是埋葬了青春，愈是感到青春靈魂哀悲未了，人生長夜，很想有個人商量。

月前電話，她爲報上刊出有關五月新聞和姊姊道歉。這則完全沒有事先知會的報導，使她尚未準備就緒的心情大亂，同時亦無預警丟了一顆石頭，使五月一家想起了五月去世竟然已經十年。

啊，姊姊說：好像還是昨天的事情。

曾經以爲十年這個數字夠遙遠，夠客觀，夠漫長到使她們足以恢復，孰知倏乎十年，她們不過剛剛喘平了一口氣，鐘聲就響了。

她們談到五月的筆記本，慎重其事、密密麻麻的筆記。何等豐盈而沉重的逝者記憶。她顯得焦慮而猶豫，不知道自己可以決定什麼。關於一個早夭的作家，這些筆記本作何意義？她該爲誰想得多一些？死去的人？活著的人？未來的人？五月又是怎麼想？這些嚴格工整的鉛筆字跡，或將成爲她們這一代人最後的手稿。僅僅只是十年，科技與人之關係竟能變化如此之大。如果五月活到今天，她想必繼續寫著這些筆記，然後，撕下來其中幾張，寄給心繫的人，也可能將之編織爲小說，繼續給文學界丟震撼彈。當然，她亦可能已經轉成電腦寫作，不再需要謄稿，不再需要苦苦等候一封信的抵達，可恨的時差。她想必非常喜愛**email**，即時溝通的**msn**，以及永遠不換號碼的手機，啊，十年之前，這些怎麼可能是她們所能料想，然而這些又多麼可能給她們帶來轉機……

十年前，和五月講完最後一通電話，幾箱東西輾轉交到她手上，她不過是個和五月同樣年紀的年青人，恍恍惚惚放棄學業，恍恍惚惚重拾寫作，恍恍惚惚進入就業市場。獨自一人。她想起最後一刻挽留五月：這是不行的，她說：我一個人辦不到，辦不到。

不會，你辦得到的。五月心思已在幽冥之境，她重複說了好幾次：你辦得到的。你辦得到的。

電話斷了。

五月遺物與筆記本，某一程度成了她所謂「愛的禮物」。十年，她有時細細閱讀這份禮物，有時又完全將之塵封。這是一份絕對的禮物，可也是一個難解的密碼，在記憶縫隙間載浮載沉，五月禮物陪伴著她，有時溫柔撐持她走過情緒幽谷，有時卻也百般嚴厲檢驗著她的餘生。

她無法確認這是一份個人禮物，抑或一個責任。她太熟悉五月寫作這些筆記的背影，走向一個作家，五月的志向是明確的，這些筆記，是掏心挖肺的自我反省，是五月孤獨的記錄，冰山底層，那龐大的寒冷。然而她不能斷定五月自身，以及五月家人，對這些文字發表的想法。她獨自反覆思量，幾近猜疑不安，加以餘生種種，不見得容易。她跟姊姊說：我迷失方向了。

不憶故無情，如今她非常容易掉淚，卻固執努力要做一個無情的人。

職場責任，親人家事，教學寫作，一樁一樁，五花大綁無法動彈。這種狀況固然方便作個無情的人，但畢竟有些時刻因爲一點點陽光，一點點音樂，照妖鏡般現出千瘡百孔的原形，以至於必須把車停在路邊，等待心內痛楚的過去。此刻，她在空氣停滯的車內，因爲報上一則關於小說家前輩走出喪子之痛的報導，按下現實生活的暫停鍵。

報導內容其實很簡單，年近七十的小說家熱誠不減要開辦新雜誌，同時提及小說家重新布置家居，將兒子房間打通成接待室之事。報導的語氣是明亮的，將小說家的談話引述（如果確實是引述）得十分明亮，將小說家的過度忙碌解釋成傷痛的逃避。

由於自己的經驗，她不確定這則報導是否事前獲得小說家瞭解，或許他只是和記者閒聊整修之事不料成了一則報導，或許他在看報當下也是無奈的。報導描述小說家活潑的講話，讓她想起不久前某個早晨，她擺了個三明治在小說家面前，希望他填點肚子再吃藥的瑣碎記憶。那應該也是小說家所謂過度忙碌的階段吧，明明前一晚才掛了急診，隔早醒來就又風塵僕僕趕來再談戲劇演出之事。小說家一手抓著藥袋，一手從提包抽出另一篇新的手稿，興致勃勃跟她說故事的空檔，囫圇吞棗把藥給吞了下去。

去年秋天，她到火車站去接小說家及夫人，南方陽光照在他的黃外套上，氣色看來不錯。對小說家而言，那應該是他們第一次會面，但事實上，她之前見過小說家，是在另一位年青作家的告別式上。白髮父親來為逝去愛子的摯友送行，這畫面，實在叫人不忍。這些年青人是怎麼回事吶，小說家的神情是嚴肅而看不出情緒的。後來相處，她既不提起也沒多問逝子之事，惟某天飯後在街邊納涼，小說家與夫人問起她的年紀與工作，說來也算與逝子相同的世代，夫人親切拉著她的手，關心如何走出文學青春、處理世俗責任的過程。

這樣很好，師母說：如果可以這樣想，很好。

師母說到這裡轉頭望向小說家，好似要尋求什麼贊同或瞭解。小說家若無其事點了點頭，也許不很完全聽見了方才的談話，但那注視著車水馬龍的眼神又浮起了一絲似曾相識的嚴肅。

她把話題打住。物傷其類。她不想別人多問，便也知道不打擾別人。與小說家幾次談話，如果她有某些片刻曾經想要說出什麼，不過是想誠實以告，事實上是她，是她從小說家身上偷偷汲取著力量，特別是感受到小說家以那種宛若他們已接近時間尾端而年青人卻前景無限的眼光鼓勵她多寫作的時候，甚者，因爲注意到與自己愛子年齡相仿的年青人神氣而洩漏一絲嘆息的時候，她很想對這父親說：不，眞正不完全的是我，眞正得到啓示的是我。她隔著一個距離，看小說家總也不停地寫稿，帶戲，推活動，對任何樸素善良的人維持著熱情的招呼，圍坐一起潦草扒便當也無所謂，那樣堅毅高熱度地活著，使她自慚形穢了。

一行人順著展示方向走。這個介紹台灣文學發展的空間，某個櫥窗擺著一本五月的書，橫亙百年的文學隊伍，五月小小的臉，站上了最後一個位置。

姊姊帶著老父跑這一趟，說來只爲了看自己女兒一面。過了這麼些年，五月父親神情舒緩了些，迎過來滿是客氣微笑。母親腳痛，不能多走，坐在長椅上休息，看著孫子跑來跑去。

姊姊喊：來，寶貝，來看阿姨的書。

三個小孩子靠攏來，在標著性別與情欲的主題櫃前，毛毛躁躁地探頭。

老大是見過阿姨的，現在上中學了，有點過於沉默。老二當初正在肚子裡，或許聽過阿姨的哭聲。至於老三，兩歲多還包著尿布的孩子，卻能不哭不鬧興致勃勃看完整場電影與表演。

就是這一本，姊姊指給小朋友看：這本書是阿姨寫的。

父親亦湊上前去，但隔了點距離，默默羞澀怕被人瞧見。等小朋友散去走開了，她回頭望，父親果然走近櫥窗，一個人神情專心地看著。

不要打擾他吧，她和姊姊走在前頭，繼續聊著五月與父親。任何關於五月的訊息，不管是書還是報紙，買得到的話，他還是會買好幾份留著。我妹妹的文學成就，我想他當然是在乎的，可是，實在也有那麼多我們不能了解的方式，奇奇怪怪的說法啊……她一邊聽著姊姊的話，一邊回想五月生前在在提及父親，人格的溫柔，無私的支持……

此刻，這個父親，出了一趟遠門，客氣而耐心看著每項文學主題的展覽，之於他，這雖非日常熟悉之事，但基於女兒的愛護，總盡力理解著。這個父親，就和她自己的父親一樣，是那種被時代壓抑著，沒有機會琢磨出自己生命光采的微型智識份子，總是和善而禮貌，習慣性的低姿態。她有意故作無意跟著他，以一種自己都覺得奇妙的情緒，對五月父親說明牆上所播放那些作家的名字與故事……

悲劇人物，是每個時代都有的，堅強的靈魂，也是每個時代都有的。五月之死，戲劇性確立了五月的作家形象，可加在這作家之上的一些限制條件，一些穿鑿附會、斷章取義，又不時使他們忐忑難安，情何以堪。這麼些年，她沒有聽過五月父親對任何人發出譴責，他只是接受了一切，背負自殺者的恥辱繼續生活，並爲自己對別人造成的困擾致歉。不好意思，眞是不好意思。絲毫沒有報復心，自家人感嘆五月，也只是說：外面講的什麼事情聽不清楚，她自己也沒跟我們講清楚，但實在不管怎麼樣的情況總是可以商量、可以理解，不是嗎？對我們來講只要她能夠活著什麼情況都是可以接受的啊。

十年過去，告別的女兒，以另外一種方式出現在父親和世人眼前，世人對這女兒的詮釋遠遠多過於他這個作父親的。終於走到陳列百位作家長廊的尾端，小朋友又被姊姊喊攏來，懵懵懂懂的感情，總是羞澀著的父親，這時倒是毫不閃躲站在那小小一方相片前，愼重端詳。

再怎麼事過境遷、強作歡樂之間，畢竟還是有了那麼片刻的寂靜。

她們幾次談到五月的可惜。可惜她連一篇自己的書評都來不及看見。如果她知道，姊姊說：那些折磨她的，在今天，根本都不是問題。如果五月還活著，這個假設句，像是一篇一篇小說的開頭，他們這個時代的呼聲。如果五月還活著，她可能未必今天這樣知名，卻也可能寫得更多，觸及更多的主題。如果五月還活著，她可能爲後來不斷又不斷的自殺事件黯然神傷，然而也有可能，後來的自殺一件一件都不會發生。如果五月還活著，又或者，一九九五年，如果林燿德還活著，如果張愛玲還活著，是不是之後一連串的事情都不會發生……

這些臆想顯然過於甜美了。事實上，十年前的死亡不過是個開端，一切可能只是常態運轉而已。如果五月還活著，應該和她一樣發了白髮，出席著無常的告別式。如果五月還活著，她或安身立命，或更能忍受孤獨。如果五月還活著，她隨時可以打一通手機給她。如果五月還活著，她會與她分擔父親病老的憂懼，玩笑也好，語重深長也好，要她更大步伐往文學走去——

相對於五月拋下父親，以死亡換來了戲劇性的聲名，向來迴避文學道路的她，如今卻痛感來不及讓父親看到自己的成就。她們怎麼會以爲文學如此而已？怎麼會以爲父親們有比自己更多的能量去承受生命的磨難？雨愈下愈大，她一疊一疊收好五月的筆記本，作品手稿，五月逝者，時時映照她這倖存生者當下的面貌，她在老去，愈來愈頻繁的生離死別，十年變化，遺物相對，五月是否還能辨識出她？而她又是否為餘生喪失了自己的面貌？

姊姊理解地帶走了幾本筆記，她這座孤獨的島嶼彷彿有人上了岸。

她想給小說家寫一封信，關於那則報導，關於打通的房間，關於五月，關於父親。

關於五月，意識底層到底是什麼樣的景觀，十年來，她不能看得明白。曾經她以為自己會變得強韌，出於報復也好，憤怒也好，咬牙切齒說人生是要對抗下去的。可畢竟悲痛也是一種激情，星火燒盡，就灼痛地熄滅了，接而籠罩的是更大的黑暗。五月記憶，鎖入一個透明密封罐，清楚凝視著彼此，卻道不出任何感覺。他人逕直說出五月名字，她若非隔閡毫無反映，便是措手不及，心底敲響一座大鐘。直至前兩三年，她去了歐洲，有意無意走過五月生活的地方。在那裡，初次翻動五月，最後的自殺記憶。

我辦不到，辦不到。

你辦得到的。你辦得到的。

坐在桌子對面的友人驚醒她，敲著水杯問：你不生氣嗎？你不生氣嗎？

天黑了，老人小孩都累了。她與姊姊在走廊談論未來的事。姊姊生命有一種天然的韌性，這些年又因爲做了母親更顯堅強，但有些細節仍殘餘著小女孩的氣味，就像非常多年以前五月所跟她形容的一樣，任性，直率，抿著嘴角說出甜蜜的話。

濕答答的雨，模糊的交通視線，說來是令人喪氣的，但姊姊依舊興致地領著大家去吃飯。小孩吃飽了再度活潑歡喜起來，跑來跑去說著幾歲幾年級。她坐在五月父親對面，慢慢聽他說年老齒搖，慢慢等他吃完那一碗麵。

這些景象，說來與她和五月的情誼毫無關係，但又似乎沒有任何違背。一切平常。少者懷之，老者安之。她們還在路上。五月去了遙遠的地方。

父親們

それから

久違多年未再來到小鎮，即便有事，多半也和姊姊約在別的地點碰面，因此，這個巷口，在方才找路的時候，幾乎已經沒有線索可循。馬路半邊田地蓋起成排透天厝，原本視野寬敞，在記憶中存著鄉村感覺的五月家，現在看似一個沒來過的地方；房屋外觀也無從辨認，以前停著老車子的前廊，現在被黃色布幕、輓聯所環繞，簡單佈置的靈堂，相片裡是五月父親溫和的笑容，我望著，回憶他在病床上痛苦的形貌，希望一切都已經過去了。

從巷口一路鋪排過來的花圈，是許多學校單位，還有一些鎮上公所、農會、銀行等機構的署名，這大約是五月父親長年教員生涯所培育出來的學生，一年一年長大回鄉，或者根本沒有離開過，現在他們正屬於鎮上活動力旺盛的一群，是那些號召舉辦同學會的主要人物，很容易就可以說出好幾個當年老師如何如何，當年如果沒有老師就不可能會有今日之類的故事來。

和五月姊姊坐在桌前邊摺蓮花邊說話的時候，剛好就來了一位舊時學生，約莫有點個人的故事而把老師當成了終生的長輩，不管離鄉或者最後轉了幾年回鄉來，一路都來跟老師報告，跟家人也都相熟，現在這種最後時刻，更是每天都來。他撚過香，拉張凳子坐下來閒聊，約莫是顧慮我的在場，和姊姊說起五月小時候的事情，那是一個獨享父親寵愛的么女，狡慧，好強，所謂孩子裡最會讀書，被期待成大器的種子。如此模樣的五月，並不使我感到陌生，五月生前就經常提起父親，無論是經濟面或精神面，其寵愛與慷慨彷彿是無止盡的，即便五月後來如何在心靈上受盡折磨，受寵條件其實沒有變過，只不過畢竟幫不了她。那是青春的風暴，倘若五月得以成年，會是什麼模樣，我沒能看到，然而，寵愛她的父親如何衰老，我卻一步一步看了。這幾年總不太願意出席告別式，就連醫院探病也不太去，父親去世衝擊還沒有消化，類似場合難免觸景傷情，可是，自從五月姊姊傳來父親病重消息，我不得不再一次經歷病與死的洗禮，再次看一個人受疾病折磨，再次面對死亡的殘酷，我沒有逃，除了是世間基本的禮貌，也是因爲這個父親多年來最讓我不忍心，看到他的存在就提醒我五月死去之哀傷，那哀傷始終沒有減輕，彷彿我們其他人都可以療癒，唯獨這個父親沒有，他沒有發出一點聲音，但看起來更像他當年就與寵愛的女兒一同釀進那些哀傷之中，再也沒有出來。

現在，他離開這個世界，結束了他的旅程，負重人生。

我自己的父親，在二〇〇五年去世，距離五月之死，恰巧過了十年。

十年間，我一直渾渾噩噩地活著，抓不準哪裡出了問題，模糊與封閉，是暫時過活的手段。要說十年間有什麼是相對顯得清楚、開放的，想來只有父親這個角色；如果從東京回來的我完全是個石化無感，如工作上司所說喪失熱情的人，那麼，唯一還能使我內心生出溫度的唯有父親。浪子回歸似地，以一種樸素的情感，依戀著那個被我離棄很久的父親，不再愛任何人，也不想被任何人所愛，唯在父親身上相信永恆、善良；我不知道他是否察覺我如此求援於他，如此想爲我青春的冒失贖罪，甚至將我年輕時代所有取消的愛的動能，一點一滴重新回報栽育於他；畢竟我不想變成一個完全無愛的人呀，儘管那些愛只是一些日常生活，一些不經心的陪伴，但那就是我與世界最好的關係了。我暗暗以此維繫著自己的生機，儘管看到父親老了，聽說他病了，就是沒有眞實想過父親有一日會走，還走得那麼突然，那麼早。

總以爲父母是不死的，會有這樣的天眞，若非極度晚熟，就是始終活在父親的寵愛裡。

小鎭教員，這是關於五月父親最好的形容詞，共用這個形容詞的是一大批出生在戰火中的孩子，包括我自己的父親。他們靠著發霉的地瓜籤與別無出處的決心，從教育改變自己的命運，早早揹起養家餬口的責任——父親們的人生完全是以現實爲基調的，政治且使他們規馴，被壓抑，被蔑視，被管制只能習以爲常，忍受被誤解爲次等人的悲哀，忍受整個族群恨鐵不成鋼的屈辱，這些父親們的歷史我們不曾知曉，因爲他們如此謹言愼行，而我們又如此無知地只在乎自己的青春；父親們繼續勞動且寂寞，也繼續寬大寵愛，遮風擋雨盡量不讓我們受到限制，宛若什麼也沒有發生過，我們何其有幸，享用父親們默默投注以讓兒女盡情展翅，人生寄託在我們身上重活一次的沉默的希望。

從五月那嚴整的書架開始，一路到出國到最後一刻，五月父親供給她無止盡的支援。我自己猶疑跌宕，最感激聽到父親暗中安撫母親：這孩子你別管她，隨她去。

仗著父親們的信任，我們走向何方？踏進他們戒之慎之的區域，跳脫技術，直闖心靈思維，生命的苦汁逼著人要吐出來，我們膽大妄言就是要表達，這簡直是站上父親生命歷史的相反面，戒嚴與解嚴，我們敞開自己，毫無安全防護地，橫衝直撞。

父親們活過了一個人性扭曲的世紀，直到兩鬢白髮，早年教養仍貫徹在他們的生活細節裡，直到生命最後一刻，與死亡的戰鬥，更展現了他們的堅韌，溫柔個性裡的倔強。我何德何能（何其殘酷）目睹了父親們在死亡來臨之時所表現出來的驚人忍耐力，不忍卒睹的醫療折磨，他們連痛都很少喊，爭取要活的信念，直到最後一刻。

相對被他們呵護在掌心上的兒女們的生命，卻如此短促，我們為什麼而死？連勞動都還來不及，如小鳥般飛出去就沒有回來了。

點一炷香，告別。

伯父，我走了，您也好走。

希望五月眞的來接你了。

我環顧周遭，不知五月是否眞如姊姊所說，回來了。

十月中秋，姊姊來電，口氣十分疲憊。昨夜父親意識不清，不知哪來極大力氣硬要拔管，生死交關之刻，幸得臨床通靈看護出手相助，暫度危機。通靈人低調說得不多，只說女兒孝順冥婚拜見父親，大小惡鬼趁隙糾纏云云。姊姊說得繪聲繪影，伯父事後也的確歪斜寫下：妹妹冥婚。神鬼之說，聽是聽過，但從未曾感覺如此近身。

你相不相信我妹會這樣做？五月姊姊問。

百感交集。無言以對。

如果這是眞的，她這樣做一定是爲了讓我爸安心吧。姊姊說：她不可能傷害我爸的。我點點頭，除此之外，嘴上吐不出隻字片語。姊姊所描述的那些畫面，栩栩如生，但又全然不可掌握，我深吸一口氣，內心騷動不已，幾乎想要尖叫。

原本幽冥兩隔，如今五月還在？在哪裡？她看得到我而我看不到她？看到又做何感想？倘若五月來迎父親，那麼，此刻她在我們身邊嗎？她能看時隔多年竟是我年華不再和姊姊坐在這兒摺著紙蓮花送父一程嗎？不能說我代她，我根本代不了她……心內紛亂，我該信嗎？怎麼信？信了又似乎非常殘酷，浮出滿腔苦澀……我只能收起思緒，化繁爲簡地想，好吧，就讓這個父親得到安慰吧，讓他與早逝愛女相聚吧。

很多年了，我絕少在這個父親面前提到五月之名，可那名字須臾不曾離開他的心上。和五月面貌有幾分相似的姊姊又氣又憐地說：他到現在還是會對著我叫錯名字呢！這個父親一直很客氣，但又不是冷淡，甚至過多的禮貌；他的眼神底總有一點害羞，宛如自殺是罪，事實上，如果自殺是罪，真正馱負這個罪過活的其實是他，十多年來，我看著他老去，生活廢了，局勢亂了，再如何華美溫柔的都不能抵擋粗暴與腐壞。

伯父紙上寫得很明白：你妹回來了。

雖是病語，但伯父從非譫妄之人，他的神情平靜，帶著臨終的覺悟。

父親去世前的夏天，我陪他去參加最後也是唯一一次的同學會。

數個世代之前的老知青，各隨際遇成了企業家、教授、高階公務員，這裡那裡的校長、局長、督察，然後現在退休了，住了這一國玩了那一國。

垂垂老矣的人群互相報了名字認出年青的模樣，氣味相投的同學熱絡說著往事，有人對我誇口父親當年多麼優秀，我看他，老姿態的微笑，因病急速花白的頭髮，消瘦身子，人群裡畢竟顯眼，我真不忍別人一看就知道他病重了。

我在教室角落坐下來，不放心父親而沒有離開。主持人先以各種冠蓋雲集的介紹開了場，然後四處笑聲朗朗，權力自在的姿態，其中，我聽到了父親的聲音：師範學校畢業之後，我便到小學服務，然後中學，直到前年退休，四十年的教書生活，與在座各位相比，我度過了平凡的一生……

聽到最後那句話，我心上一痛。

人生際遇，我太知道他有過什麼機會，因爲什麼阻力而放棄，這些都是老故事了，使我訝異的是，他竟然一絲憤慨都沒有，一點埋怨、嘆息都沒有，方才那些展示權力與榮耀、庸俗的人的氣勢，一點都沒有搖晃到他。

我抬起頭來尋找父親，他面帶微笑，一種和平的笑容：我度過了平凡的一生……那麼多阻擋，犧牲，離合，誤解，冷落，他隻字不提，那笑容是眞的。

那一刻，心好痛，感覺自己完全比不上父親……

我沒有和父親談過樹人，也沒有談過五月，更沒有談過與他們兩人有關的死亡。

在ＤＣ的椅子裡，沒法從五月的死開始倒述，沒法從噩夢主開始直述，關於樹人似乎也沒提過，記憶之海明顯突出來的礁石，我都閃過，在自以爲平靜的海面載浮載沉。孰料一些過去不以爲意的舊傷開始鬆動，僅僅是童年印象的重溯，就足以使人暈眩不已；這暈眩也許正是一種適應的過程，我漸漸感受到治療室的撫慰，儘管那撫慰是沒有一絲溫度，沒有一點劇情的。

父親生病之後，我減少了去治療室的次數，終至就半途而廢地離開了。接下來的是徒手與生活的戰鬥，沒有ＤＣ，沒有藥物，但拋出來的問題卻是更尖銳的。

死亡。DC點了一下就繞道走開的謎團，如今卡在面前。早自樹人以來，自五月以來，我觸碰到痛點就麻痺忽視的舊傷痕，如今沒法閃躲，且它這次多麼仁慈（？）打了預告，告訴我，它要來了：你慢慢看清我的模樣吧。

死亡。儘管幾度與它擦身而過，我畢竟是不認識它的。我不想談與死亡有關的往事，厭惡死亡挾帶的威脅，這全是關於死的情節，而非死亡本身。在與死亡最貼近的經驗裡，五月之死帶給我的是接近宗教的獻祭與理想的燒滅，那是瞬間的、充滿激情的、青春的殺戮。死畢竟從來沒有對我真正展示面貌。它以一種粗暴、抽象、騰空而降的方式出現，因此，之於我，死是一種暴力，不是一個過程。

暴力的結果是碎片，傷痕是碎片，恐懼是碎片，自以為無所謂也是碎片。暴力可以選擇遺忘，碎片可以收拾，撿起來鎖進抽屜當作什麼事也沒有發生過，儘管難免縫補的痕跡，但我還有選項可以頑強，可以逃開，可以壓抑。

連該流的淚水都沒有流出來。死亡的洗禮，並沒有完成。

我或許是這樣逃過了樹人之死，樹人也寬容地給我留下了生路，且他選擇比我遺忘得更徹底。然而，五月之死卻變得那麼巨大，別說遺忘，天地間無所遁逃的感覺，我再如何在心理上築了安全堤防，臉上印記跟著我的現實人生，五月之死附隨著我的文學道路，啊，鑽起牛角尖來，有時我是真正覺得無路可走了。

是如此渾渾噩噩吧，就算我對世界已不抱敵意，也是悲傷不願理會的。

後來幾年，母親常挖苦父親：你也眞有福氣，轉了一圈，女兒竟回身邊來了。

父親看起來沒有很開心。這個當年在我離家北上之後，半夜起來如廁，經過女兒房間會忍不住走進去坐在書桌上發怔的父親（往昔，他曾幾次那樣看著睡中的我呢？）會看不出來自己的女兒沒有光了嗎？一切都是假裝，假裝我還活得很好，且還擺脫了青春期的憂傷，變成一個和其他朋友們的女兒都差不多的人了。

穿婚紗的那個早晨，他天沒亮就醒了，開車載我去婚紗店的路上，故鄉市街彷彿還沾著昨夜的露水，我們閉上眼睛都能描繪，一樣的白色火車站，一樣的民生綠園，一樣的紅色孔廟，天未光，父女倆總是不怎麼交談，冬日早晨薄薄的霜霧。

之後，時辰到了，白色婚紗新嫁娘，父親說：怎麼看起來不像我女兒了。

我其實捨不得，但要裝作什麼事都沒有。眾人湧上來使我慌張，我們都不熟悉禮俗，連接下來要發生什麼都不明白地任人領著走，尷尬中不免草率，父女一場，連拜別都沒有。

後來父親臨終之際，我竟也沒有跪下來拜別。內心極度悔恨。我無論如何從未眞正以爲父親會死，那一刻到來，我傻了。

死亡的模樣，具體而非抽象的，一整個過程，之前來不及想，沒有勇氣想，迴避的，不懂的，如今都在眼前。死亡的帳單，積累到父親這一輪，終究要來追討。守護病中飽受折磨的父親，悲傷與絕望沒有盡頭，幾近永恆（這是一種什麼樣的永恆呀），束手無策，但又不能束手無策，如果有什麼可以給我幫助，我都可能去做，求神拜佛，懺悔發願，倘若有路我都願去試。愛有沒有力量？有沒有？種種信念、奉獻、犧牲，一一用盡，希望從指縫間一一流失，不死心繼續懷抱任何渺小希望，翻開每一張紙牌，每一則祕密訊息，還是微笑搖頭：NO。

這就是死了。根本就不是選項，而是無可選擇，大自然的結果。倘若承受不了，我們也只能將之說成一個命運與運氣的故事而已。現實不可能如同DC的治療室那樣善於等待，它直搗核心，不以抽象，直接具象教示：毀壞的器官是這樣的，無藥可救是這樣的，任有再強大的心靈身體一旦被病毒攻克也是要摧枯拉朽的。愛有沒有力量？有沒有？即使我說有，也只是讓人提起勇氣面對接下來的殘酷而已。父親生命歇止前湧出汗水，像是卡住了什麼，大喘一口，過去了。這就是死了。覆蓋。入殮。誦經。功德。藥懺。火化。撿骨。晉塔。殘忍的，荒謬的，無情的，一一發生了，一一目睹了。

死亡勝利了。我哭個不停，將以前沒有哭出來的淚水，放縱地一次流乾。同時，我們也和解了，死亡讓我看到了它的面目，彷彿這麼長的爭戰，就是要教示我這頑劣份子，無論如何，它是註定要贏的。

一旦俯首稱臣於它的贏，最後一絲年少倨傲便已用盡，它對我揮揮手，像趕開一個吵鬧人的孩子：去吧，去玩你的吧。

父親走後，我的日記空白了好幾個月，腦袋裡原有的知識宛如地震過後似地位置大亂，當時就算眼前出現上下左右完全倒置的畫面，大約也不會使我感到多麼驚嚇，就連宇宙這類之前不甚了解的概念都使我產生了興趣。一句話，我想知道父親去了哪裡，雖然答案很簡單，但就是反反覆覆地想。死亡這條路，以前走走碰到模糊困難之處就轉頭離開，現在，卻想一直走下去，如果再多走幾步可以多明白點什麼，如果走到盡頭會有逝者對我拈花示意。

直到今天可能我還在路上，也許這就是人生的基本注解，只是以前我不能領悟。我曾以為失去了很多，可是，再歷經一次剝奪，才發現自己曾擁有什麼。如果我從來不知道我擁有什麼，那失去的悲傷也只能是形式的，不知所以的悲傷，沒有力量的悲傷，空洞的情緒，空洞地侵蝕，而沒有辦法生發任何力量。

是的，失去是可能生發力量的，我竟然神奇地轉到了這一點。恍若大夢。

我思念，非常非常思念父親。愈思念，就愈明白自己曾擁有什麼，整個人彷彿因為這個思念而逐漸醒過來。

有一回在高速公路上開車，後視鏡裡一輛車打燈慢慢自左側超越而過，我不經意轉頭看了一眼，駕駛座上是一張無論姿態或年紀都神似父親的臉，非常像，以至於我只是模糊瞄見那側面線條，眼淚就毫無防備地滾落下來。

那是個無關的人，全然無關從我身邊經過，朝他的路程疾駛而去。那眞是一個夢醒瞬間，看著那個像父親的人，陌生而無關地經過，內心怎麼吶喊，那個人就是與我一點關係都沒有，我所曾經擁有，與我血肉相關的一個人，已經沒有了。

能怎麼辦呢？無法減速也沒法靠邊，只好哭著一張臉繼續開車。這是一條裝載往昔無數南來北返記憶的高速公路，每次上車、下車總有父親等在那兒，無論年少的我把這想成管制還是溫柔，父親從來沒有缺席，但我們也從來沒有擁抱，沒有甜蜜話語，靠恃這關係是永恆不滅的……

那輛車已經完全逸出了視線，那個人到哪裡去了？在高鐵尚未開通，台鐵又一位難求的歲月裡，往復於這條高速公路動輒五、六個小時的車程，我總是一點睡意也沒有，腦子運轉得比平常更爲靈精，沿途一段一段浮出而又隱去的燈火，如今一站一站彷彿都還留著思索的痕跡。那些時刻，我手裡到底握著什麼而那麼相信自己可以抵得住一切？一個人，在行旅的車廂裡，相信心靈可以隨著車速穿過時間，穿過空間，無敵天眞以爲速度可以打破僵局——

那些僵局，過往如墜五里霧，現在想來更像一場夢。是的，夢，多普通的譬喻，可許多事物的謎底竟然就是普通的，就看命運讓人走了怎樣的路程來到謎底，永恆的道理，文學裡總也不滅的領悟與嘆息。這些年跑中山高，總被拋進時光之流，迴旋起落，生出夢醒之感，雖然每段地景都還記得，又顯幾分陌生新鮮，那些年的天空也曾經這麼藍嗎？這是春天的光？秋天的風？難以置信自己曾在同樣的這片天空下，用盡了人生中可貴的時光，那些翻攪的情節，被時間調準了焦距，逐漸顯露出它們的關連；陽光曬進記憶的洞窖，讓人看清了佈置：原來是這樣子的。故事連綴起來，人間無可奈何，山水始終溫柔，我竟從來沒有感覺。

浪子回歸，或許此刻更是浪子回歸，但已沒有父親。內心慚愧，竟有了好好活著的念頭。父親們曾經那樣展示要活的決心，活，絕不是一個沒有靈魂的人才貪婪著要去祈求的本能。如果我那麼願意父親活下去，如何能不在乎生命？父親能說話的最後光陰，一晚我去病房，他神色有少見的抑鬱，沒聽到旁人雜談而兀自陷在沉思裡。

那一晚，我所唯一作對的事情是傾身問他：爸，你怎麼了？

他沉默一會，然後，低低地，夢醒般嘆息：接下來，恐怕是，無路可走了。

這是父親從未說出口的心情。那時候，還沒有人聽到死神敲門的聲音。我們這些理所當然活著的人，總以為不去提死亡就沒事，總因不理解死之心情而無從與之交談。我愣了愣，結果只是百般通俗地說：爸，沒這回事，你別亂想。

我這笨蛋，哪裡聰明呢，還不是像別人一樣無情封堵了他的心情。作爲一個父親，他沒再出口求援，沒再說出一絲孤寂。之後的事情很快發生了。父親的預感是準的，小手術的疏失，確實在那之後，忽然，就帶走了他……

醒來吧，當我思念父親，彷彿有股力量把我從頭後豎起，癱成亂線的木偶危顫顫地立了起來，然後，誰溫柔地吹了口氣，小木偶就張開了眼睛，說了人話。無路可走。死亡才是眞正無路可走。父親面臨死之將至，年青女兒如何能說無路可走。父親就是一條路。醒來吧，追憶似水年華，瑪德萊娜小餅乾，幸福盈滿的瞬間，父親摸摸孩子：好了，都過去了。父親之死撫慰了五月之死對我的剝奪與震盪，當我終須放下父親遺體轉身離開，人生第一次激烈哭出聲來，那時刻，內心簡直被撕碎，絕望無情之中有一種完全不同性質的東西蓋過了之前的悲傷，那差別不是孰輕孰重，而是一個包容的手掌覆上了另一隻年青的手心，一個揮袖把黑幕全給落下了——啊，何等殘酷，父親，我竟這樣對你——我被撕裂而改變了，日後五月之死浮上心頭，彷彿就有父親守在那個世界入口，像以前在病房趕我早早離開：沒事了，你回去吧。父親的聲音非常慈祥：一切都過去了。

離開五月老家，剛爬上二高，天色忽然陷入昏暗，大雨滂沱而下，視野迷濛，行路難，往事一幕幕更替，如果會有五月及其父親背影浮現於雨霧盡頭，那也該是時候了，重聚，幕落；你們要走了吧，再見，如果遇上我的父親，請一定幫我轉告：我愛他。

我捨不得說我想念他，捨不得他有所掛念。愛，是無償性的，你以前不經常這樣說嗎？死，是徹底無償了。以前父親還在，得以年輕，得以猶疑，得以遷怒與埋怨，現在父親不在，哪來藉口呢，一個人罷了，很自然就要老了。一片白茫茫大地眞乾淨。

父親之死對我最大的救贖，就是殘忍而溫柔揭示了生命的有限，死之存在根本性決定了人生的有限與殘缺，任我們如何鑿切意志於完美並無法改變這有限而殘缺的來臨，如何自棄自絕以睥睨之亦不能使這有限與殘缺有一絲一毫的動搖——這是答案了，可答案顯現的同時彷彿也有誰蒙住了我的眼睛，筆下自動滑出這樣的句子：去吧，去玩你的吧。——我凝望這幾個字，彷彿那是天外之音。愛有恨之對，光有暗之對，那麼，死有生之對？五月，爲你回到太宰吧。經歷了卑屈、厭世、中毒、接二連三的求死、以及最後家族支援的斷絕，太宰安靜下來，他這樣寫：「當我在租來的小房間裡，連死之氣魄都喪失而成天躺著的時候，我的身體卻不可思議的強健起來了……」我該如何跟你解釋，我其實從來都以爲太宰是愛生之人，他眞的只是氣弱，可他又堅定不悔地要把氣弱當作（藝術的）出發點，這讓我怎麼跟你說呢？藝術總有讓人無言的時候，可至於死，我想說，父親之死對我的另一個救贖是抹去了死的錯覺與幻影，自殺，不是情緒繞胡同的一個出口，不是一個軟綿綿的依靠，它連作爲一個控訴都非常短暫；情緒之絕望深淵與死未必有什麼必然的因果關係，它其實是一個陌生物，趁機攫走了獵物。

年青的死。鮮嫩的獵物。自殺，有沒有解決問題呢？沒有，不過是橫生生截斷而已。這一株小樹是滅了，故事會從別的枝枒長起，唯有父親還守著舊株——撫養一個孩子接近一種創造，從無到有把她帶來，魔術般看她從一個想像的細胞到一個小身體，一名少女，一隻騰空飛起青春的鳥兒，擁抱而長大的身體，投注多少視線也不厭倦的過程——這些點點滴滴如何不使我痛感，五月，我們是不是錯了？姊姊說，當年，面對辦事處人員要求解剖才能開立死亡證明結案，你那拘謹的老父親當場哭得聲嘶力竭：別再傷害她了！

你聽見這句話嗎？五月，這一句我們若非朝著心之所愛，要不就是自己對著自己吶喊，以爲沒有誰會來眞正對我們說出的話，你的父親喊得夠大聲了，你聽到了嗎？倘若聽到，你可以同我一起得到父親的救贖嗎？

我沒有能力阻擋謊言與傷害於生命之外，沒辦法使事物結晶於至美的瞬間——如果這是你與我，青春之心所堅持要做的——做不到，死亡也不是做到的辦法。相反的，在死亡之後的流水時光，我目睹的盡是變化，滄海桑田，人之變貌與情感的質變，一切不可阻擋，也往往情有可原。夫復何言。取代眼淚與吶喊的是強烈的孤寂感漫天而來，無孔不入，可相信我，心靈有其不死本事，如果你還在，想必能和我一樣，沒什麼好慌張的，孤寂就孤寂吧，與孤寂同在，細看它的模樣，看熟了就沒有什麼好慌張的。

是的，相對於那個遙遠的二十六歲，我長大成人，比以前更像一個成人，不再是原來那個人，可能比原來那時還要更完整一些；孤寂與傷痛一針一針將我縫補起來，使我微笑，禮貌，化繁為簡，戰爭裡的太宰說：即使有超過以前的痛苦，我也會假裝微笑，笨蛋友人說我已經世俗化了。

死亡，痛苦，愛，種種經驗都不再神祕，不再引起焦慮與徬徨，魔力與幻想也隨之退遠。

清醒。多麼簡單的句子。

清醒不是一個結論，也不相對於某些疾病，而是一整個世界的模樣。

我看見了，可眼前什麼都摸不著，我所掌握的已沒有形狀可以訴諸，觸摸得到的事物和往昔那個夢中世界沒有多少聯繫，可那夢中層層疊疊的肌理依舊使人神往，夢的線條有些也底定了我們的模樣，關於這些，我未能說清，也未能忘卻；我感到寫作的極限，也感到寫作的無限可能，生命之土，任我怎樣疊床架屋去描述一個經驗，任我變化各種形式去回憶一段故事，每次述說都讓我感到限制，再多的句子都只描述了片斷，甚至說出的當下便已經切割了它，它已經不完整了……

腦海中響起DC的語言：失去的經驗是一個完整的經驗，完整的，那不是用一、兩句話或是簡單的東西，就可以補回來的。

車子繼續前行，每一個後退的瞬間，每一幅後退風景，浮盪生發無數畫面，無限夢醒之感，對我召喚，對我道別，忽而在前，忽焉在後，好長，好長的夢。

夢

それから

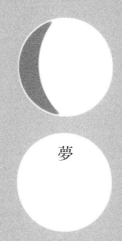

室溫十六度，我用冷水漱了口，刷了牙，潑了潑臉，簡單的清洗，夠凍了，足以醒透。

這是二〇一一年的剛開始，天寒地凍，地球異常，夢躡著腳步來了，我聲嘶力竭大喊：——NO——

我沒有立即從床上跳起來，用最快速度打開電腦裡的檔案，也沒有隨便抓了紙筆，盡快記下腦中夢的殘餘。

我懷疑。那些聲音，極端之際內心湧生的各種念頭，是隱藏在內心的外族語？化石的迴音？古老的祕語箴言，或是，孩童原初稚嫩的情思？我們是活了很久很久？長時間在時空中飄流？抑或永遠是個孩子？晚熟，拒絕老朽？

即便抓緊時間寫下片語殘言，也是沒有把握成篇的吧。它，宛若高山登頂，在那裡，我想與什麼相見？是自己的面貌嗎？我又必然想與那個面貌相見嗎？啊，這可疑的痛楚，要不要一探究竟？

攀過高山又將如何？會有新的景觀，抑或再一次的崩毀？我再怎麼對自己的人生無從確定，也該知道禁不起再一次塌毀了。

驚醒。全身僵痛彷彿要提醒我夢中恐懼如何延展到了現實肉身，我得把緊繃的自己從夢中一絲一縷抽出來、拔出來。劫後餘生，匍匐，雙手雙膝，爬出來。

周圍一片寂靜，我應該沒有眞正叫出聲。

文學上我已經很不喜歡孤獨這類字眼了。

但我體會到的，確實是那種感覺，我找不到其他詞彙來更快地形容。非關強說愁，亦非複雜糾結的情緒，此刻孤獨竟如此空洞，宛若落進地心洞穴，密林深不見盡頭，嗅不出任何生物氣息，就連一點點星光、月光，都沒有。空洞。黑暗。我在哪裡？毫無方向感。我豎直了耳朵，尋找遠方任何一點汽車引擎，暗夜狗吠，時鐘滴滴答答，都好，給我現實生活的證據。我試著找尋身體，睜開眼睛，看清楚，摸摸看，我得把自己拼回來。

夢大致是這樣子的。

同志團體負責辦她的喪禮，有些細節來詢問我，徵求幫忙，其中使我驚醒的段落是我被要求找幾件衣服給在棺木裡的五月穿。

之一，我找了兩件褲子，細節交代，其中一件緊身窄管是她比較常穿的，但材質恐怕不容易燃燒完全，若是葬儀社人員覺得不能用，就改用另件寬點的，此外，還給了一件黑外套。

其中有些是我自己的衣服，夢中我彷彿知道，或不知情，也可能只是不知如何告知對方：我實在找不到她的衣服，只能從自己的衣服裡翻找幾件起碼是她穿過的。

與眾人接洽喪禮的同時，我似乎急著要回家，夢裡的家是兒時的住處，父親在那裡等我，彷彿有假或者有事要回去和父親度過幾天。

下一個鏡頭跳到事情已經辦妥，眾人立在棺木周圍，其中五月穿戴著我提供的衣物，眾人要我確認是不是就這樣上路了的情景。

我沒說話，也沒有要確認的意思。懷著不甚激烈的情緒，夢中對五月的死亡彷彿已經接受了很久，這個喪禮的舉辦也早就知情，諸事塵埃落定，只待送行而已。

懷著告別，或只是一些從來不知如何說清楚的情緒，我輕輕地摸了摸衣服，上衣領口，然後是外套的肩線，心中想起她穿過這些衣服的往事，輕絮般的回憶；指尖沿著長袖毛料滑下，直到袖口尾端透出一小截內搭襯衫，摸摸袖扣，然後順下來碰到了袖外的她的手指，我擱著，作爲最後的碰觸，但就在這個時候：感覺心內大致安置妥當，正想將視線抬起來，對旁人禮貌致意然後離開的時候，我的無名指腹感覺到輕微的彈觸——

我愣住，沒錯，有個微小的力，透過指梢，微微動了，碰觸了我的手指，沒錯，動了——

瞬間，我渾身繃緊，來不及分清楚內心湧起什麼，只覺長蛇急竄上心，放聲大喊——

這個夢，古老，簡單，具體，很容易讓人作解釋。比如說，五月之死被放得太大，五月之死在我心裡沒有安頓，處理五月文稿一直給我造成心理壓力，等等。

如何解夢並不是我在意的。這夢使我尖叫的是：那個手指的觸感太，太，太眞實了。

只是一根指頭，小指尾端一小節指尖，輕輕地動了，輕輕地與我碰觸——

可那是一具屍體，一具冷冰冰，形色皆變，什麼生命動作都不會再有的屍體……

沒有人會在那種時候對這輕微的碰觸無動於衷——

那是一種不可能，絕不可能，但發生了——

無論那後續衍生的是驚喜或是其他情緒，當下，一種本能的恐懼快速占領身心，尖叫

我還來不及回神，太大的意外，震破自己耳膜的尖叫，把我從夢境邊緣彈了出來。

——

這種眾人皆已認定死去，唯獨我在某個時刻發現死體尚有氣息的夢，這幾年來多半關於父親。我不知幾次在夢裡匍匐奔跑，大聲尋求救援，用盡力氣阻止任何放棄我父，以死體對待我父，要將我父灰飛煙滅送至幽冥的人們，聲嘶力竭向它們說明再說明，阻止再阻止：不，不，你們弄錯了，沒有，沒有，我爸爸沒有死，他剛才還眨了眼，他剛才還拉了

我一下，他說他沒有死，眞的，你們弄錯了！聽到了沒有！你們弄錯了！停！停！停！你們沒有聽到我說的嗎？停——

在尖叫中醒來，遊蕩在散裂的夢與現實的交界，我試著網羅夢裡情緒，想探清楚那一聲尖叫之後的情緒是什麼？會立刻轉爲驚喜嗎？（五月原來沒死？）還是純然的恐懼？（啊，這是什麼在動？）接下來，我會陷入忙亂，追問，甚至憤怒之中嗎？太多亂七八糟的問題、線頭，在多年之前本都急凍、斷線了，如今要如何收拾？還能收拾嗎？這個觸動代表什麼？勾一勾手指是什麼意思？是要醒來重新來過？還是又只是一個告別？夠了，夠了，我發現自己很煩躁，我必須醒來。

五月走後，我夢見她的次數不是那麼多。我也總不喜歡夢，不想在文學裡寫夢。我不確定年青時代是否作過那樣多的夢，充斥著我與我的同代人的夜晚，那些以荒誕、野放、探險的強烈悲歡，使人因而驚醒、恍神留戀的夢。應該是有的吧。那些夢，好像我們費盡姿勢、旋打水漂的小石子，在湖面上跳了幾尖，盪起幾圈水紋，而後便淡淡地平靜，小石子沉進湖心，夢退了，被清醒後的世界很快地覆蓋。

那些小石子如今都去了哪裡呢？在湖心堆積成我們看不見的城堡？或作爲遊戲場的代幣，繼續回收，製造新的樂趣？

人生後來的夢，情節變得愈來愈簡約，愈來愈呈現冰山一角的樣態，不復小石子戲耍的趣味，而比較像湖邊樹梢某個被風吹落的果實，寂寞無聲墜入廣大的水面，或如寒冬枯枝，堆雪沉重難耐，在某個瞬間摧枯拉朽。

這些夢，即便不復年青時代帶著強烈的情節與情愫，其夜半鐘聲，地層震動，依舊具有讓人夜半張著大眼，不知身在何處的威力。湖面波浪一圈一圈往外泛去，夢試圖對我們顯現水面之下的輪廓。夢也許不再是一個驚險，也不冒險，如浪一波一波重複著，倘若有時間駐足，靜靜聽見浪的韻律，會發現歲月與經驗使我們心底漸漸有了夢的譜路，揣測得出是什麼觸發了那個夢，那些線索源於何處，從哪裡順著水脈，躡著腳步，走進了夢裡。

在室溫十六度的清晨，我感到這個夢長途跋涉，如今要來與我素面相見。我第一次感到，關於五月，我作了一個複雜的夢，不只是單面向的悼亡之夢，而是捲進了自身的作為與情緒。我估量那一聲尖叫裡包含了什麼？至今沒有夢過五月葬禮的我，第一次這麼具體，這麼清楚看到逝者五月，啊，那個指尖碰觸，是一個求助？不捨？還是真正告別？

在這個夢來臨的前幾天，我和日本作家津島佑子有短暫的會面。這個一點都不喜歡別人提起她父親的次女，今天已年過六十，一個漸漸從容面對諸事的年紀，我想，書封上明白寫著「太宰治之女」的字詞，她不可能沒看到，也不至於看不懂，不過，她表現出一副無所謂的和緩狀態。

演講後的用餐時間，三、四個人行禮如儀，說著再普通不過的話題，無人逾矩提到太宰治，我也只是簡單陪著話，打算盡到陪客或讀者身分即可。然而，當她正視我，問我為何會說日語的時候，那種同為寫作者的視線，踏觸了我內心某些人煙罕至的區域。是的，我幾乎不太說日語了，放任那些刻苦學習、滾燙懷抱過的事物，退為煙塵，不留痕跡，每說日語我就感到軟弱，藏不住自己的情緒，混亂思緒無法很快找到適當的詞語來加以盛裝，也來不及矯飾，於是便流露了狼狽的姿態。

關於東京，關於那個惶惶不可終日的夏日，關於玉川上水，瞬間朝我滾滾而來，這些原是我想忘卻，也無意追溯，然而，眼前這個神似太宰的面容，使我內心某些舊傷口隱隱發痛起來。

一種片刻的繳械，渴望與人傾訴的願望，該稱之為告解嗎？但我不會任意說出來的，何況對方也是無關的，有何必要傾聽呢？我們都是被遺留的人，無可選擇地被逝者的陰影籠罩，得掙扎著走出自己的路，然這個掙扎是不是又傷害了我們與逝者的情感呢？

說起來根本不是我多麼迷戀太宰，而是我想跟這個與太宰有關的人告解，曾有那樣的死，可是，這樣的作為，和太宰的廣大書迷又有何不同呢？和五月讀者朝我發問使我苦惱受傷有何差別呢？

直言自己和太宰在同一種生命本質裡的五月，如果此刻坐在這裡，會如何舉止呢？世事後來的發展，遠非那個封閉年代下的我們所能預料；原來巴黎不遠，太宰也不遠，這是個什麼都阻擋不了的末世，何不留下來恭逢其盛呢？五月。她那龐大無從壓抑的熱情在此刻應該會目不轉睛地注視對方吧，會把對太宰的激情轉移於這個根本沒親眼見過父親的女兒，甚至忍不住觸碰了對方不想提的話題……

我懷著心事坐在那裡，強烈感覺到五月靈魂的騷動，雖然她根本已經離開這個世上那麼多年，但一種記憶迴繞的感覺還是使我非常無奈，我想擺脫這些，以我自己，跟對方談一談死亡、與逝者欲迎還拒的情感，或者，只要談一談當下這本新書，談一談其中的夢與殖民，都好，都比我笨拙地懷抱心事坐在那裡好。

可能是在這個場合眞實感觸了五月靈魂的騷動，因而作了上述那個關於五月的夢吧。那個夢，是一個開端，讓我思量也許時候到了，四下安靜，我開始有了寫的念頭，應該足以寫吧，我想知道自己那聲尖叫裡到底包含了什麼。

另一個夢，出現在寫這本書的中後期，五、六萬字規模，我心中有了幾分覺悟，無論如何都該寫完這個題目。某個星期一黎明，大概是對天明之後的寫作進度有點焦慮，胡亂作夢，出現了這樣的片段：

年青太宰治，因爲參加某項活動而到台灣來。並非什麼嚴肅的藝文講演，而只是校園同人團體的海報或演劇活動。被請邀來參觀或指導的太宰，隨性地和教室走廊之間跑來跑去、不修邊幅、熱情直率的學生們比手畫腳，大笑互動，這似乎很符合太宰留給人們的一般印象，貧瘠而勃發的演劇活動也正是太宰所在的二十世紀初期氣氛。

但不幾日，他感到有點累了，時不時得坐在教室裡休息、發神，回復不是小丑也不是文人的日常模樣。再過一些時間，他躺下了，在教室角落幾張課桌椅拼成的臥鋪上。比賽準備依舊進行著，臨近規定日期，太宰顯得更爲虛弱，甚至有一種訊息：他的生命很有可能就要熄滅了，在這潦草的異地。

一種不安開始彌漫開來。受著什麼催促，我被推近太宰身邊，以謹慎禮貌的日文問道：「母親大人刻下也正在台北參與活動，是否，需要我們通知她？是否，想在這兒和母親大人見上一面呢？」

他似乎相當訝異於這個巧合，母親竟和自己同在外地？他抬頭看我，眼底藏著狐疑：我這哪裡來的傢伙怎能知道他們的母子關係？但也只是一、兩秒鐘，他又回復冷淡神情，閉上眼睛，陷入虛弱的休息。

我等候著，忐忑著，不知這是否一種冒犯？因爲夢裡他們似乎是一對斷絕往來多時的母子。太宰閉目，似乎繼續在思索著如何回答，臉龐修長而蒼白，我注意到他的睫毛非常長。

同一時刻，夢境另端所浮現出來的母親，很清楚是津島佑子的形象，在時髦吵鬧的書展會場演講，簽名，露出了疲憊的神態。

在死亡的逼近中等待回答，有一種壓力逼著人想醒來，夢慢慢鬆開，一個環節一個環節脫落，滑回現實世界——我慢慢意識到這夢的荒謬——現實上，太宰早就去世多年，在他有限的歲月裡，他對台灣的認識除了是一個殖民島嶼的名字之外應該不會再有太多了；而夢裡的母親，津島佑子，根本是太宰：津島修治的女兒，一個無論是臉孔、神韻、舉止，都明顯透露著血緣聯繫的女兒，在夢裡變成了母親；不過，類同於他們現實人生的故事，夢中那是一個毫無互動的親子關係……

夢醒之前，我並沒有得到回答。又是一個中途幻化的夢，也是一個與我無關的夢，但這個父親與女兒的倒置（佑子現在的年紀，差不多剛好到了足以給年輕太宰做母親的歲數吧），有一種無法確知內容爲何物的哀傷，深刻擴散到了我的心底。夢裡沒有回答或許也是好的。因爲，出於直覺，我想，即便有回答，那回答也只能是：不用了。

生手的天真

代後記

それから

儘管去過那麼多次，ＤＣ的治療室到底位於醫院建築群的哪一個位置，我依然無法指認出來。印象裡，它從大廳往內裡走，與受病折磨的人潮一波波擦身而過，出了後門，再連接另一棟樓，愈到深處，人愈發少，直到山壁底鑽入瘦長建物，尋得電梯上四樓，門開是另一種風景，空中走廊，反覆幾次轉彎，我不知道自己又闖進哪一棟建築，或是回到哪一棟建築，空間標示上，四樓又變成了一樓，再搭一次電梯，直到看見那扇熟識的玻璃門，推開它，一條長廊指引我走到ＤＣ的研究室。

敲門，開門，裡頭不過一般尋常研究室光景，角落處擺了一几二椅，我只消固定三、四個腳步，走到那裡，選擇背對門的椅子，坐下來，然後，離開時重複同樣的路徑。可以說，在那間研究室（或者，在那種時刻，我們必須改稱它爲治療室），我相熟的只是那張背對門、望著窗的椅子：一張來來去去、承載許許多多無以爲繼之人生的椅子，給那段時期留下了最好的象徵與命名。

全然不同於文獻所描述，這個空間既不尊貴，也未必舒適，沒有躺椅，也沒有沙發，不過是一張簡單茶几，兩把（破舊的）面對面的椅子，絕大多數時間，ＤＣ不發一語，雕像一般坐在那裡，那過程經常叫人感到無望，可那雕像總讓人相信他仍傾聽著，在，他在，也在對岸的那張椅子裡。

我一直想爲治療室裡的那張椅子寫點什麼，甚至是一本書，但那顯然超出了我的能力。離開那張椅子愈久，愈覺得要定坐在（對面）那張椅子裡而沒有受不了痛苦抱頭逃跑，實在是件不容易的事。當然，有些情況，我們不能預設坐在（對面）那張椅子裡一定是個對稱凝聽的心靈，（對面）那張椅子裡的角色不一定總是能夠理解並給予祝福的人。DC坐在那張椅子裡，雕像般的姿勢，有時讓我錯覺他已經被來來去去的痛苦風化成石。SARS那些年間，接連出現了好幾則精神醫師自殺的新聞，使我聯想到DC提過的詛咒或祝福。兩張椅子裡，誰是被詛咒的人、誰又是被祝福的人呢？如果未曾體驗／理解過詛咒的滋味，何能給人祝福？破碎的人來到這裡，想把祕密傾埋在這裡，這樣說，是電影《花樣年華》裡周慕雲的樹洞了，然而，坐在對面那張椅子裡的，畢竟是個人而不是棵樹啊。

人與人的感情，何嘗不是尋找樹洞之悲歡離合的故事；如果我們還能找到一個眞正的人，而不是一棵樹。五月在最終時刻找到了我，把無數傷害的祕密傾吐出來，以見證名之，如果她之後繼續活著，我或許明白是一個人，但她說完之後就轉身離開，我是一個人還是一棵樹呢？電影裡周慕雲（導演王家衛說：這個人完全是一顆破碎的心）轉身離開之後，下一個鏡頭繞回來，樹洞已被泥土封上了。我要做的就是那樣的事嗎？

DC長年坐在那張椅子裡，吸納種種攙著眼淚、謊言、憤怒、怨恨之失魂又落魄的故事，替破碎的人收存記憶於這世上的一個角落，且他不能只是封塡，還要以理解與傾聽給予祝福，這是多麼需要能力的事？我在那張椅子坐下來，某個角度來說，見證使我破碎，我來到這裡是要一個傾吐嗎？把ＤＣ當成一個樹洞，那樣的傾吐會讓人釋懷，得以解脫與祝福嗎？

不。很快，這個答案便發出了聲音。我也很快覺悟到自己根本無法把ＤＣ當成一棵樹。更有一段時期，這張椅子之旅如同一趟苦行。你來到那裡，一點都不意味孤寂會憑空消失，更不表示會有人出來替你裁判：錯的是世界，而不是你。ＤＣ固然不反對，但也會提醒你：某些情勢實在是生命的必然，或是，念頭來去，固著於一個見解，以那個見解來詮釋全部，是否恰當。這些提醒是溫柔的，但對於陷在水裡的人，也可能是冰寒的波浪。當然，這些都是我個人的衍義。ＤＣ在吐出這些提示的時候，字詞往往極端簡短，象徵性的幾個字，他說得那麼幽微，簡單，彷彿不能輕易驚擾兩張椅子之間那一大片冰凍、洶湧、或是潛伏無數河怪的心靈之湖，他寡言，他斟酌，甚至他拒絕，把問號退還回去。

我離開那張椅子，不是因爲失望，也不是因爲對醫療不耐，而是，怎麼說呢？該簡單地說：是因爲工作繁重使我沒有空再去；還是抽象地說：我漸漸從ＤＣ這份關係上長出了一絲信任，而這個信任拯救了我。那個治療室裡沒有錄音機，也沒有病歷，甚至連一本手冊都沒有，他不過是執著地想在他的專業裡留住人文精神的根，這是他的驕傲，但這可能也是他的謙卑，他的良心，他如此耗費，承受治療室的苦楚（一個靈敏之心作爲一個樹洞的苦楚啊），然後露出那友善而思索的微笑，祝福坐在他對面那張椅子裡的人，能夠走出生命的苦境——這是一個人，初始，我總不相信這是眞的，世界太粗暴，心太青脆，人人不過固守位置爲己運轉而已，素昧平生，何必理解與祝福？再者，我不相信活著，能跳過削減與鈍化，而持續地打磨精細下去，倘若有人堅持如此，那時我看見的，若非導向死亡，即是瘋狂。然而，ＤＣ雕像般地坐在那裡，粗礪之中磨而再磨，保有溫度的手心去鑿塑粗胚；ＤＣ未必在藥物或是所謂心理治療這個步驟上治癒了我，而是以他的存在，漸次說服了我。

這份信任，其後並沒有使治療室變成一個簡單的地方，甚至連再多一點的傾訴也沒有達成，更明白地說，正是因爲信任可能開啓傾訴的門扉，所以，我離開了。可是，ＤＣ雕像般坐在那張椅子裡的神態，彷彿定格成爲一個象徵，以至於即便我離開了治療室，只要想及那個象徵，一場儀式，一個走迷宮的自我收拾就可以開始。帶著ＤＣ這樣一個陌生人的信任與慈悲，我與現實世界之間存了一個繫點，接下來的問題成爲：該如何懷著那些傷害的故事繼續生長下去？不能忘卻，又不能時時記得；傷害的故事往往既美麗又醜陋，那其中，無論如何，曾將一個人最好的可能、最壞的黑影展演到極限，如果我不足以理解那其中的內容，也沒有什麼資格去保存這些——

《憂鬱的熱帶》，中譯本登陸台灣是九〇年代初，大學剛畢業，我把這本書當成學術書，放進了初旅的行囊裡。從琉球那霸航向九州福岡的客船上，時光減速，打開它，一字一字慢讀，學術搖身一變成了私語錄，每個用字都帶著豐饒的個性，隱藏那麼多細節，個人的反思，抒情的語調，一個人類學大師忽而還原成了一個無時無刻不在啃咬自己的年青人，那些所謂的旅行、探險，原來不是以獵奇混淆他的視野，不是以野蠻殲滅他的情思，而是相反地，把他帶入更多的自省，更多的情思。

第六十七頁，李維提到「生手的天眞」。容我把它抄錄在這裡：

帶著生手的天眞，每天我都站在空蕩蕩的甲板上，興奮的望著那片我從來沒有看過的那麼寬廣的地平線，用好幾分鐘的時間注視著四分之一的地平線，觀看整個日出日落的過程，代表著超自然的巨變之起始、發展與結束。如果我能找到一種語言來重現那些現象，那些如此不穩定又如此難以描述的現象的話，如果我有能力向別人說明一個永遠不會以同樣方式再出現的獨特事件發生的各個階段和次序的話，然後——那時候我是這麼想的——我就能夠一口氣發現到我本行的最深刻的祕密：不論我從事人類學研究的時候會遇到如何奇怪特異的經驗，其中的意義和重要性我還是可以向每一個人說個明明白白。

要回頭說明這段敘述如何安慰我內心飽受傷害的文學認知，那是另外的故事了。寫在這裡，只能說，當時我是連一本文學書都不願放進行囊的年青人，把尚未打通的知識所導致的生活混亂，代罪羔羊似地歸因於文學對心靈的誘惑。那趟旅行，我的念頭簡單而強烈，想遠遠離開文學，不再戀棧這兩個字，比任何一個不瞭解文學的人還重重踩踏文學，宛若信徒踩踏基督的臉以證明我對文學再也沒有幻想。

偏偏李維這本書，在那趟旅行裡，以一雙已經洞悉魔術的眼睛，心平氣和、輕描淡寫的口吻，提示我：根本不是這麼一回事，事情沒有那麼複雜，要不，過了複雜這一山，你會再被帶回來的。

「生手的天眞」節錄於〈日落〉，二十六歲的李維前往新世界，在甲板上，興奮地，手拿筆記本，一秒一秒記下日落景觀的瞬息光影。長達三、四千字的記錄，無人能與之相比的精細，在時隔二十年寫作自傳之際，隻字不改地被錄了下來。

那是用盡了凝視，一秒也不捨得錯過的文字，企圖心強烈而樸素，想將親眼所見加以凝住，工筆描繪事物具體面貌的同時，也詩意地交雜了理論與歷史的玄想。這份出於原點，李維稱之爲「生手的天眞」的記錄，不盡完美，但不可替代，其中熱情滿懷，如蒙神助的感覺，讓人終老仍然著迷，仍願顫抖著手去試。

我多麼巧合地在（彼時已經顯得零落，現時更是完全不存在的船之旅）甲板上，爲他這樣珍重生手的可貴而被安慰了。看起來如此偉大、深沉的靈魂竟曾有過一個階段，以那種生手的天真，然而也是充滿無可替代之興奮熱情，凝望世界，固執相信：如果我能找到一種語言——如果我有能力向別人說明——

是的，這兩個簡單的句型，就是一切的動力。我想的，不就是這麼簡單的事情嗎？如果我能找到一種語言——如果我有能力向別人說明——這個語言與能力不就是文學？爲什麼這麼簡單的事情在我心中變得那麼複雜呢？這個老人像在營地裡趕蚊子那樣揮了揮手，把我整片寫滿密語濃言的大黑板，瞬間擦個乾淨。我自省，或許，是我錯看了寫作的問題，那些幻覺、錯覺、怨念、提戒之心，是凝望著黑板（白稿）的我的問題，而不是寫作的問題。寫作問題沒那麼大，大且難的是那些「如此不穩定又如此難以描述的現象」，那些「永遠不會以同樣方式再出現的獨特事件」，一個心靈與新世界之遭逢：天空、海洋上下倒錯的視野也好，終年無雪、草木不生的氣候也好，所謂純潔的野蠻人也好，景觀新得令人驚嘆，也讓探險家大惑不解。

李維的航行，在登陸新世界之前，進入了鬱悶的赤道無風帶。「在這片海域內，兩個半球特有的風都吹不到，所有的帆下垂好幾個星期之久，沒有一絲風吹動它們。」那是新舊世界之間的過渡，毫不快樂的海洋，平靜無比的天氣，幾乎看不到生命跡象。李維在這裡回顧了古代航海者（他們心中並不是要發現新世界，而只是要證實舊世界的歷史），也描述了早期探險家那些因爲視野有限所釀出來的怪異想像：長得像鱷魚的蛇、牛頭四腳的魚、一棵不長水果而長綿羊的樹……

船轉向南，海洋氣息不再自由流動，新世界的輪廓巨大地浮出地平線，青年李維第一次到了赤道的另一邊，全新的世界與人類，舊世界的上帝、道德、法律在這裡或將發生問題。他展開教學、旅行與探險，看原始人如何被強加了文明，和野蠻人一起吃了蜥蜴、蛇和蝗蟲，這個終生將心靈操練到更細微、更時時刻刻瀕臨瘋狂的人，到頭來活過了二十世紀，比我們大多數人都還要久。

這本書裡所講述的故事，無論就語言或經驗來講，都是屬於「生手」的。

那並非是些完美成熟的故事，而是一些「如此不穩定又如此難以描述的」時間裡的過去。我曾經因爲無法理解存放它，而凍結了生命的前進，及至此刻也不確定是否具備了合適的語言與能力去描述它們。然而，這些故事再不會重複，重複也不會有同質的凝望，儘管不完美甚至錯誤而耗費，但因不可替代，不可重返，除非徹底失憶，要不，我只能面對並試著理解；以DC的語言來說，這是一種「浪漫但危險的想法」；以李維的說法則是，除非有一天我們發現另外一個星球上居住著會思考的生物，否則，這種（發現新世界的）經驗也不會再有第二次。

李維的書如此破題：「我討厭旅行，我恨探險家，然而，現在我預備要講述我自己的探險經驗。」可以容我（也許是膚淺地）套用嗎？我討厭煽情，我恨傷痕文學，但我卻在這本書裡寫到了傷痕。我不相信書寫治療。袒露五月以求自己的書寫治療，一直是我不能同意的，事實上，也沒法這樣做。書寫不是治療，治療的路程已在之前走過，我耗費了多少光陰，治療也未必痊癒，痊癒也未必是原來那個人。某位寫作同業說得比較準確：書寫不能治療，那是本身快要好才能書寫，那是痊癒之前的一個大口呼吸。

一開始，我以幾篇短文的形式來寫，以爲焦點難免在五月，出於一種交代，我以爲完成這個替代敘述，自己可以得到解脫。結果，愈寫愈多，短文形式沒辦法負載。拉開繼續寫下去，積累到一定的量，同時也積累了一定的困難之後，我開始意識到，敘述五月不是重點，就算我敘述她，我也不能得到解脫；另一種說法，我沒有得到解脫，恐怕是沒法敘述她的。

——我感覺觸到了要點，我沒法看清這一片視野，恐怕也是沒法看清她的。敘述五月原來不是重點，這是我跳出心魔的主要聲音，整個故事也因此扭轉了調性。不再因爲寫到五月而難受於道德上的潔癖，不再焦慮我所理解的五月未必是眞正的五月。回到自身，卻也不見得輕易。處理故事的時時刻刻，宛若以自己的方式走著ＤＣ椅子裡的路程。路上，許多次，落石，關卡，我與我自己的ＤＣ，一個說故事與聽故事的人，彼此責問：這是繞道走開，還是籠統套上結論？這是贋品還是花邊？如果總是模糊不清，到底是什麼被遮蔽呢？故事面臨選擇：繼續刪減，或把範圍再拉大，所謂加法與減法的抉擇，過去我慣用減法，但這次若繼續使用減法，答案很簡單就是歸零，我試著跟自己協商，我得試試加法。

打開，讓可關聯的進來；這是有關的，那是有關的，然後，構成了整個圖景——怎麼以前從未如此看過？在哪裡中斷、哪裡遇到困難？是眞的忘記、還是凍結？打開，是一種解凍的過程嗎？有些時候，忽然想起一兩個細節，像找到一兩枚遺失的螺絲釘，把它們卡上去，放進位置，整部記憶的機器忽然動起來了……

就這樣，過去十來年間許多寫了一半，開了頭擱筆，甚至一些反覆修改卻始終沒定稿的文字，找到了位置，栽植進去，然後長出更多的枝葉，原來在這裡，原來那些無法建立的脈絡在這裡，那些難以析濾的意義之根原來在這裡，那些不得不語焉不詳的敘述原來是在路經此地之際被落石阻斷了。

所以，這並不是一本關於五月的書，而是關於我自己，其後與倖存之書。

曾經我以爲這本書不會出現，如果倘以倖存，還足以寫，應該直接跳入下一階段。我開始動筆寫其他幾篇懸在心頭的小說，然而，過程多所躓礙，不禁使我懷疑自己的書寫能力是否眞因一場疾病肆虐而難以回復，某日與朋友碰面，聊了幾句，話題轉到這個懷疑。

在聽完我的描述之後，我感覺得出來，他對我口中說的新作沒有生出很大興趣，我們繼續漫天胡扯，感時傷懷，我自言自語：「有些東西沒寫，還眞到不了下一步。」

本來不太神采的他這時忽然亮起來，朝桌上拍了一記：「你會這樣說，就代表碰到問題了。」

接著，我們不知從哪裡開始提到五月，事實上，這應該是我們第一次觸及五月。我談到延宕，對時間耗費之大感到驚嚇，動不動就是十年，倘若生命重要經驗都得費上如此時間去反芻，諸事澄明之日生命也差不多已到盡頭，還有多少時間可寫？

他簡單應了一句：「你就是在逃避嘛。」

那口氣是漫不經心的，逃避也是陳腔濫調的詞彙，但我聽進去了。

當整件事變成「陳腔濫調」就可以形容的時候，再不正視它，恐怕它就眞將隱匿成一個發爛的傷口，使人面目可憎；要不，就是意義眞正平庸化，對生命起過怎樣衝擊的重大事件、經歷，其意義都將日漸風化，變得一點價値都沒有了。

這些篇章積蘊多年，成稿時間卻極短暫。利用每天好不容易協調出來，黃金珍貴的兩、三個小時，座位不敢稍離地埋頭苦寫，好幾次，腦袋與眼睛燒耗到難以運轉而必須停下來的時刻，我站起來，隨便眺望任何一個可得的風景，感到某些沉重、黏滯，經常被醫生形容爲「拉警報的身體」，似乎變得輕鬆多了，我不得不覺悟，很長很長一段時間，我的確行屍走肉般地活著，若非停滯，就是極端勞碌，彷彿想藉塵務勞作來挫折自己身上殘存不死的文學之蟲，我心存驕傲，卻又一直蔑視自己，這樣的不和諧畢竟沒辦法安頓下來成就什麼，而只能在徬徨中度日。

如今，我航過那個鬱悶的赤道無風帶了嗎？我即將出發去哪裡？抑或，我從何處歸來？寫作的船帆下垂擱置了非常久，水天一色，霧氣茫茫，記憶的魔山，五月，想來不只是我陪她走過一段性別認同之路，她也伴我熬過一段非常漫長的寫作認同之旅，即便是她已經不存在的歲月裡，她的形象及其書寫，對我是一種撫慰，也是一種刺痛，我們曾經彼此反對，卻又同時扮演傾聽者的角色，無論是不斷攀高追尋，或是不斷挖深內化，我們爭執，終致諒解，了悟彼此並沒有太大的衝突。李維的旅途也不全是興致勃勃的，他總自問：爲什麼我跑到這裡來？我到底是希望些什麼？他懷疑，誠實得令人驚心：探險是一種聰明的旁門左道，好讓自己在歸隊之後具有額外優勢？還是探險根本源於自己和原生社會情境的不適應？那個自以爲要放棄文明世界、前往所謂未受污染之純潔、野蠻新世界去尋找新價值的探險者，卻在誤解、等待、空虛、煩死人的過程裡，面臨崩解，「甚至連那些最人性的對我都變成不具人性」，舊世界的浮光掠影，音樂或詩的片斷，在荒野之中縈繞耳畔，啊，如今，兩個不同的世界之於我都不再具有完整的面貌，新世界於掌握之中消失於無形，一個迂迴複雜的路程，彷彿要把人帶回舊世界去，可那來時我所信的選擇、意義與價值似乎已被摧毀了……

摧毀是好的。其後或許生長出新的文明。我多願意講述那些傾斜而破碎的景觀，如果我寫得出來。我的探險經驗？我眞不希望我只是把它寫成了青春的傷痕。我年青的苦惱：寫作值得什麼？什麼值得寫作？李維開玩笑說：旅行的本質應該是對自己腦袋中的沙漠進行探索，而不是對周遭沙漠的探察吧。面對新世界，面對野蠻人（如果我們自己就是那些完全一無所有的野蠻人），如果我們沒有粉碎，沒有陷入成見，沒有輕率說出可笑的結論，那就寫吧。李維的年青筆記，除了〈日落〉，還有一段營火筆記我亦非常喜愛：一群被其他人類學家描繪爲身體骯髒無比、肚裡脹滿寄生蟲、不停放屁，而且還脾氣大、心裡充滿恨意、不信和絕望的南比克瓦拉人，在李維眼中，卻是在承受了大自然彷彿充滿惡意的剝奪之後，還能相互擁抱、呢喃細語、輕聲歡笑的族群，在一無所恃的淒慘景象中，這些完全赤裸的人，「每個人都具有一種龐大的善意，一種深沉的無憂無慮的態度，一種天眞的、感人的動物性的滿足，」李維以生手的天眞，如此小結：「把所有這些情感結合起來的，還有一種可以稱爲是最眞實的、人類愛情的最感動人的表現。」

文學叢書 323

其後それから

作　　者　賴香吟
總 編 輯　初安民
責任編輯　施淑清
封面設計　永真急制
美術編輯　林麗華
校　　對　施淑清　賴香吟

發 行 人　張書銘
出　　版　INK 印刻文學生活雜誌出版股份有限公司
新北市中和區建一路 249 號 8 樓
電話：02-22281626
傳真：02-22281598
e-mail：ink.book@msa.hinet.net
網　　址　舒讀網 http：//www.inksudu.com.tw

法律顧問　巨鼎博達法律事務所
施竣中律師
總 代 理　成陽出版股份有限公司
電話：03-2717085（代表號）
傳真：03-3556521
郵政劃撥　19785090　印刻文學生活雜誌出版股份有限公司
印　　刷　海王印刷事業股份有限公司

港澳總經銷　泛華發行代理有限公司
地　　址　香港新界將軍澳工業邨駿昌街 7 號 2 樓
電　　話　(852) 2798 2220
傳　　真　(852) 2796 5471
網　　址　www.gccd.com.hk

出版日期　2012年 5 月　初版
2022年 10 月 12 日　初版九刷
ISBN　978-986-6135-85-9

定　價　300元

國家圖書館出版品預行編目資料

其後それから／賴香吟 著；
--初版, --新北市中和區：INK印刻文學，
2012. 05　面；　公分.（文學叢書；323）
ISBN　978-986-6135-85-9（平裝）
857.7　　101006079